希平方

攻其不背

商務英文篇 紙上操作版

30天速成職場溝通用語

求職面談　職場溝通　客戶應對　會議進行　提案報告　來訪接待

CONTENTS

CONTENTS

PART 5 跟領導管理相關的對話應用

準備開始你的計畫式學習吧！

使用方法

搭配QR Code訓練聽力

攻其不背商務英文篇
30天速成職場溝通用語

掌握面試的對話重點

第1步：學習新課程

學習重點

1. 仔細聆聽影片原音，看自己能聽懂多少內容，如此反覆訓練「聽」懂英文，而不是只有「看」懂。
2. **查單字**是學英文過程中一個非常重要的技能，在課文中標記出不認識的單字，勤查字典，找出最合適的解釋，再結合完整影音情境學會最生活化的應用。
3. 學習過程中不會的生字查過要**做筆記**，記得搭配在《攻其不背：只要30天，馬上成為英文通》教過的筆記方式，把單字的含義與詞性等資訊寫在周邊空白處（margin），複習的時候才不會一眼就看到解答。
4. 特別注意**老師講解**中額外補充的重點字彙、片語、文法、文化差異以及母語人士常用的說法，學會以後在生活中很實用。
5. 有些長句比較複雜，即使生字都查過也不容易理解，這時候跟著**中文翻譯**分段消化吸收，更能正確理解英文句型架構。

006

詳閱每一步的
學習重點

請填上完成進度的日期

PART 1：求職面試一定要知道的基本句型

(adj.) 印象深刻
（在空白處寫出要特別注意的生字）

月/日
1

請依序標上自己的學習日期

英文課文

A I see from your resume that you have plenty of experience working in this field.

B That's right.

B I've spent five years working for various marketing agencies.

A Impressive.

A But what is it that puts you ahead of our other experienced applicants?

B I have excellent interpersonal skills.

B I am also highly organized and efficient.

A I see.

A And why have you chosen to apply to this company?

B I have a lot of faith in the product.

B I know the brand has a very good reputation.

學習的進度編號
（每天要看哪幾個編號，請參照第11頁的說明）

隨時把不懂、不會的單字查出來並做筆記

前言
掌握計畫式學習的精要

在我的上一本書《攻其不背：只要30天，馬上成為英文通》中，我和大家分享了15歲那年暑假，跟著父親只用30天的魔鬼訓練，就把一輩子所需的英文給學好的經歷。在整個訓練過程中，最棒的事情是，完全不死背，所有的英文知識，包括單字、片語、文法概念、使用情境、聽說讀寫應用，只要透過「計畫式學習」，就能自然而然學會。

十九世紀，德國教育心理學家艾賓豪斯提出「遺忘曲線」理論，強調複習對於記憶力生成的重要性。兩個世紀過去了，專家學者仍然同意，學習最重要的關鍵就是複習，但不管老師們再怎麼努力，還是只有極少數的學生真正做到有效的複習。到底我們當年的魔鬼訓練是怎麼做到有效複習、學習的呢？這就要從我父親的發明開始說起。

70年代，父親為了從事國際貿易，無師自通把英文和阿拉伯文學到聽、說、讀、寫都精通，因此在職場上一帆風順。後來他和母親一起創業，為了做歐洲客戶的生意，各花一年把德文跟法文也搞定，四種外語讓他們在自己的事業上無往不利。正是這段學習多國語言的經驗，讓他發現複習的重要性。

那個年代不像現在網路資源豐富，他學語言只能靠自己土法煉鋼，從大量閱讀學習書報雜誌的過程中，不斷累積知識以及各種應用的情境場合。科學家精神促使他不斷思考如何改善學習方法，他發現不管學哪種語言，不會的生字只要字典查過5次就一定能夠學會，沒有例外。從那時起，他就在想要怎麼讓學習的過程中更快也更有效率地做到「重複5次」這件事。

因此1998年那場魔鬼訓練，父親用自己發明並取得專利的「計畫式學習」法，徹底改變了我從小到大對學英文的認知。後來我們發現，原來父親為我們設計的這套學習方法，其實完美驗證了「遺忘曲線」理論中提到的記憶力生成原理。

簡單來說，理論告訴我們的是，學習任何新知，剛學會的當下印象深刻，可以記得100%的內容。但隨著時間流逝，人會開始遺忘，如果48小時不再次接觸，記憶力幾乎歸零。這時，如果我們在有效時間內複習，記憶力會回到100%，而且每多一次複習，記憶隨時間衰退的比例會漸漸趨緩。到了第5次複習，這個知識在腦海中已經成為永久記憶，想忘記都很難。而其中提到所謂的有效時間，平均來說是24小時。

父親雖然沒有學過教育心理學，不可能知道這樣的理論，但他憑藉自學多國語言的經驗，找到了這樣的方法，所以在他發明的「計畫式學習」法中，他其實是幫我們安排了一個最有效的學習計畫。後來30天後我的英文突飛猛進，直接證明了學習方法的成效。

許多讀者看過上一本書已經躍躍欲試，想要使用「計畫式學習」學好英文，但因為學習計畫的安排較複雜，且因為篇幅關係，我無法在上一本書中給大家提供更多範例。因此在本書中，我以商業課程為主題，為大家安排了一份30天的學習單。只要照表操課，30天後你會發現自己不只看完一本書，更紮紮實實的學會許多商用英語會話。

本書的學習內容全都跟職場、商業上的英文應用相關，共有5大情境、20個商業主題、100個學習步驟，但如果你把它當作只是書架上放著眾多教科書其中的一本，傻傻地從頭讀到尾，你絕對無法感受到「計畫式學習」的威力。

使用這本書時，你要拋開傳統閱讀的觀念，千萬不要從第一頁翻到最後一頁。與其把它當作教科書來看，你更應該把它看作一份量身打造的學習計畫。

「計畫式學習」當然要有個計畫表，以下表格就是我針對本書規畫的學習計畫，提供給大家參考。

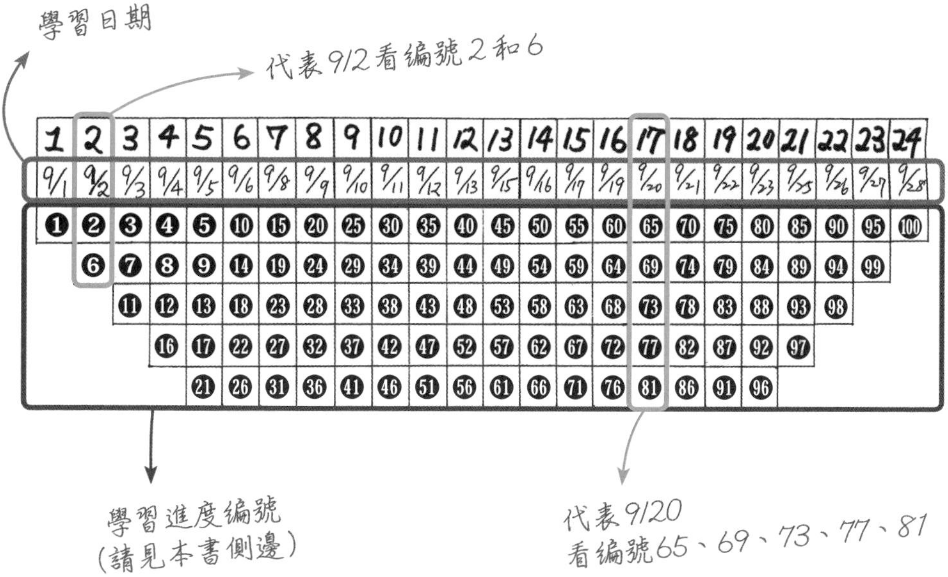

你或許疑惑整本書的100個學習步驟，總共只花24個學習日來完成，那為什麼說30天學好呢？多出來的那6天，其實是給大家的

小小彈性，如果已有既定行程，可以給自己請假。但我強烈建議，休息不要超過一天，因為就像前面提到的，要形成永久記憶，中間複習的間隔不能超過24小時，否則記憶歸零，一切又要重新來過。

第二排是我從9月1號到28號的學習日程，眼尖的你應該發現其中有四天我請了假。底下梯形裡的數字就是已經安排好的100個學習步驟，每個步驟代表學習課程所需要的不同練習。

這整本書除了頁碼有數字，在書頁邊緣還有位置不同的1到100排序號碼，搭配學習計畫表上的數字，每天只要按照日期下方的進度前進，不知不覺你會發現已經完成各階段學習、複習進度，一個月後你已經將整本書融會貫通。

現在，請利用前面拉頁的空白表格，填上自己的學習進度，藉由這本書嘗試計畫式學習吧！

PART 1

求職面試一定要知道的基本句型

- 掌握面試的對話重點
- 新工作到職的重點提示
- 認識新工作環境的簡單會話

掌握面試的對話重點

第1步：學習新課程

學習重點

1. 仔細聆聽影片原音，看自己能聽懂多少內容，如此反覆訓練「聽」懂英文，而不是只有「看」懂。
2. **查單字**是學英文過程中一個非常重要的技能，在課文中標記出不認識的單字，勤查字典，找出最合適的解釋，再結合完整影音情境學會最生活化的應用。
3. 學習過程中不會的生字查過要**做筆記**，記得搭配在《攻其不背：只要30天，馬上成為英文通》教過的筆記方式，把單字的含義與詞性等資訊寫在周邊空白處（margin），複習的時候才不會一眼就看到解答。
4. 特別注意**老師講解**中額外補充的重點字彙、片語、文法、文化差異以及母語人士常用的說法，學會以後在生活中很實用。
5. 有些長句比較複雜，即使生字都查過也不容易理解，這時候跟著**中文翻譯**分段消化吸收，更能正確理解英文句型架構。

(adj.) 印象深刻
（在空白處寫出要特別注意的生字）

月/日

1

英文課文

請依序標上自己的學習日期

A I see from your resume that you have plenty of experience working in this field.

B That's right.

B I've spent five years working for various marketing agencies.

A Impressive.

A But what is it that puts you ahead of our other experienced applicants?

B I have excellent interpersonal skills.

B I am also highly organized and efficient.

A I see.

A And why have you chosen to apply to this company?

B I have a lot of faith in the product.

B I know the brand has a very good reputation.

發音Tips

練習口說時，不搶快，速度跟流利程度並非成正比。

重點部分可停頓，加強語氣，如：

▷ I've spent five years（稍停頓）working for various marketing agencies.

▷ But what is it that puts you ahead（稍停頓）of our other experienced applicants?

課文翻譯

A 從妳的履歷我看得出來妳在這個領域工作有許多經驗。

B 沒錯。

B 我已投入五年為各家行銷代理公司工作。

A 讓人印象深刻呢。

A 但是什麼特質讓妳從我們其他資深的申請者中脫穎而出呢？

B 我有很出色的人際交流技巧。

B 我也相當有條不紊而且有效率。

A 我明白了。

A 那妳為什麼選擇向這間公司提出申請呢？

B 我對產品很有信心。

B 我知道這個品牌有相當好的名聲。

聽老師講解

1 plenty of 大量、許多

例 Make sure you drink plenty of water every day.
確保你每天都有喝大量的水。

2 用分詞修飾前面的動作

句子通常只有一個主要動作，若有附屬動作，可以將它改成現在分詞（V-ing）形式，跟著主要動詞做修飾用。這裡have plenty of experience「有很多經驗」是主要動作，附屬動作是「在這個領域工作」，因此用分詞形式呈現working in this field。舉例：

例 The man stood leaning against the tree.
那名男子倚靠著那棵樹站著。

3 spend＋一段時間＋doing something 投入、花一段時間做某事

例 I just spent two hours preparing dinner.
我剛剛花了兩個小時準備晚餐。

4 work for 為……工作、服務

例 I would like to work for an international brand.
我想要為國際品牌工作。

5 interpersonal 人與人之間的、人際的

＝字首inter-「互相、在……之間」的意思＋personal「個人的」

6 apply to 向……提出申請

例 She really wants to apply to Amazon.
她真的想要向亞馬遜提出申請。

7 have faith in... 對……有信念、有信心

例 She has a lot of faith in her skills.
她對她的技能很有信心。

第2步：句子重組（複習一）

學習重點

1. 句子重組是為了訓練你**聽出關鍵字**的能力。若你能越快聽出關鍵字，就能越快抓住文意重點。
2. 多次訓練重組句子的速度，可幫助快速掌握英文語法結構。

經過前面「學習新課程」階段，相信你還記憶猶新，剛學過的課程印象還有五成以上，在第一次的複習中，請準備開啟英語耳，透過句子重組（unscramble）的訓練，讓你快速掌握英文語法結構。

請將答案選項填入 ______ 內

A ______ ______ ______ ______ ______

①your resume ②that you have ③working in this field.
④plenty of experience ⑤I see from

B ______ ______

①right. ②That's

B ______ ______ ______ ______

①working for ②various marketing agencies. ③five years
④I've spent

A ______

①Impressive.

A ______ ______ ______ ______

①other experienced applicants? ②But
③that puts you ahead of our ④what is it

B ______ ______ ______

①interpersonal skills. ②excellent ③I have

B ______ ______ ______

①highly organized ②I am also ③and efficient.

A ______

①I see.

A ______ ______ ______ ______

①And ②apply to ③why have you chosen to
④this company?

B ______ ______ ______ ______

①a lot of ②I have ③faith ④in the product.

B ______ ______ ______ ______

①has a very ②good reputation. ③the brand ④I know

可先觀察哪個編號的第一個生字是大寫開頭，有時那可能就是第一個答案的編號。

第3步：聽到什麼寫什麼（複習二）

學習重點

1. 跟著影片逐字聽寫出課文內容，除了加強聽力，還可以訓練拼字的正確度。
2. 一般英語會話時能夠容忍的反應速度不超過三秒，多次重複聆聽後聽寫，能夠整合聽力和理解能力，聽過整句話就能馬上理解並反應。
3. 學習過程中不要死背單字拼法，聽到聲音利用自然發音的知識拼寫，多次練習後即可訓練正確拼字能力。

經過前面「句子重組」練習，你已經記得大約七成內容，在第二次的複習中，請準備建立英語腦，接下來的步驟要練習提示聽寫（dictation with hints），提高拼字的正確性。

請將聽到的句子填入 ______ 內

A ____.

your resume you have I see experience from that working plenty of in this field.

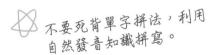

不要死背單字拼法，利用自然發音知識拼寫。

後面跟著句點，代表
可能是這句的最後一個生字。

B ____.

right. That's

B ____.

five years various working for I've spent marketing agencies.

A ____.

Impressive.

A ____?

applicants? that of our other puts you ahead experienced
But what is it

B ____.

excellent I interpersonal have skills.

B ____.

efficient. I highly am organized also and

A ____.

I see.

A ____?

you why apply to have chosen to this And company?

B ____.

have I faith in product. a lot of the

B ____.

I reputation. know has the brand good a very

藉由觀察提示用生字後面是否有標點符號，可當成判定其是否為句尾最後一個字的參考點。

第4步：填空練習（複習三）

學習重點

1. 藉由填空練習，將學習聚焦到最容易遺忘的重要字彙片語，就像用螢光筆為課文畫重點，加深課程重點記憶。
2. 這個步驟會針對重要字彙、片語、文法概念練習，訓練你用完整的文句推測答案，而不是只能看空格字數猜答案。

經過前面「聽到什麼寫什麼」的訓練，你已經能記得八成內容，在第三次的複習中，你要做克漏字測驗（cloze test），再次強化聽力並提升口說能力。

請依照箭頭方向
依序填出正確的生字。

請參照下面句子，並依照編號和箭頭的方向填入生字。

1 ↓ Why have you chosen to ______ ___ this company?

2 ↓ I have excellent ____________ skills.

3 ↓ What is it that _____ you ______ __ our other experienced applicants?

4 ↓ You have plenty of experience ______ in this field.

5 → I've ______ five years working for various marketing agencies.

6 → I ____ a lot of _______ ___ the product.

7 → I know the brand has a very good __________.

第5步：聽寫測驗

學習重點

1. 透過測驗強化記憶程度，這就是認知科學家已證實的測驗效應，所以最後的聽寫測驗也是學英文不死記硬背的關鍵！
2. 聽著影片原音逐字逐句寫出完整內容，驗收學習成效。
3. 寫完後對下答案，評估一下學習成效，進步看得到！

經過前面每個步驟，在此你已經記得超過九成的內容，最後這個階段要來驗收你的學習成果，挑戰你是否能聽懂所有內容。

請將聽到的句子填入 ______ 內

A ____.

從妳的履歷我看得出來妳在這個領域工作有許多經驗。

B ____.

沒錯。

B ____.

我已投入五年為各家行銷代理公司工作。

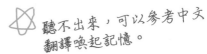

聽不出來，可以參考中文翻譯喚起記憶。

A ______________________________.
讓人印象深刻呢。

A ______________________________?
但是什麼特質讓妳從我們其他資深的申請者中脫穎而出呢？

B ______________________________.
我有很出色的人際交流技巧。

B ______________________________.
我也相當有條不紊而且有效率。

A ______________________________.
我明白了。

A ______________________________?
那妳為什麼選擇向這間公司提出申請呢？

B ______________________________.
我對產品很有信心。

B ______________________________.
我知道這個品牌有相當好的名聲。

新工作到職的重點提示

第1步：學習新課程

學習重點

1. 仔細聆聽影片原音，看自己能聽懂多少內容，如此反覆訓練「聽」懂英文，而不是只有「看」懂。
2. **查單字**是學英文過程中一個非常重要的技能，在課文中標記出不認識的單字，勤查字典，找出最合適的解釋，再結合完整影音情境學會最生活化的應用。
3. 學習過程中不會的生字查過要**做筆記**，記得搭配在《攻其不背：只要30天，馬上成為英文通》教過的筆記方式，把單字的含義與詞性等資訊寫在周邊空白處（margin），複習的時候才不會一眼就看到解答。
4. 特別注意**老師講解**中額外補充的重點字彙、片語、文法、文化差異以及母語人士常用的說法，學會以後在生活中很實用。
5. 有些長句比較複雜，即使生字都查過也不容易理解，這時候跟著**中文翻譯**分段消化吸收，更能正確理解英文句型架構。

英文課文

A Hello?

B Hello, may I speak to John Parsons?

A Speaking.

B This is Lottie from Douglas Banking Corporation.

A Right. Hello, Lottie.

B We have considered your application for our equity analyst position.

A Okay.

B We have decided to offer you the position.

A I'm so pleased! Thank you. I accept!

B Fantastic. Training week commences on July 15.

B Please come to our headquarters at 9 a.m. that day.

A Got it. Is there anything I need to prepare?

B Just your passport and bank details.

B We'll take care of the rest.

A Great. See you on the fifteenth.

發音Tips

商業對話中，「數字」資訊格外重要。碰到日期、時間等資訊，務必留意。如本課中July 15唸作July fifteenth、9 a.m.則唸作nine a.m.

課文翻譯

A 喂？

B 喂，我能跟John Parsons說話嗎？

A 我就是。

B 我是Douglas銀行有限公司的Lottie。

A 好的。哈囉，Lottie。

B 我們已經考慮過你對於我們的證券分析師職位的申請。

A 好的。

B 我們已經決定要提供你這個職位。

A 我好開心！謝謝妳。我接受！

B 太棒了。訓練週從七月十五號開始。

B 請在那天早上九點到我們的總部。

A 了解。有任何我需要準備的東西嗎？

B 只有你的護照和銀行細節資料。

B 我們會處理剩下的事情。

A 太好了。十五號見。

聽老師講解

1 May I speak to...?　我能跟……說話嗎？

電話用語　= Can I speak to...?
= Is...there?
= I would like to speak to..., please.

2 Speaking.　我就是。

電話用語　= This is...　= ...speaking.　= Yes, it's me.

3 fantastic　太棒了

= wonderful　= terrific

4 headquarters　總部

＊這個單字比較特別，本身字尾就有s，並不是因為複數才加s喔。

5 Got it.　了解。

= Sounds good.

6 take care of　處理、照顧

例 Dinner is on us. We'll take care of the bill.
晚餐算我們的。我們會處理帳單。

7 rest　剩下的事情、剩下的部分

例 There's still some food left over. Do you want to take the rest?
還有一些剩下來的食物。你想要拿走剩下的嗎？

8 See you＋要見面的時間／地點

See you on Friday.　星期五見。
See you next week.　下禮拜見。
See you at work.　上班的時候見。

第2步：句子重組（複習一）

學習重點

1. 句子重組是為了訓練你**聽出關鍵字**的能力。若你能越快聽出關鍵字，就能越快抓住文意重點。
2. 多次訓練重組句子的速度，可幫助快速掌握英文語法結構。

經過前面「學習新課程」階段，相信你還記憶猶新，剛學過的課程印象還有五成以上，在第一次的複習中，請準備開啟英語耳，透過句子重組（unscramble）的訓練，讓你快速掌握英文語法結構。

請將答案選項填入 ______ 內

A ______

①Hello?

B ______ ______ ______

①speak to ②John Parsons? ③Hello, may I

A ______

①Speaking.

可先觀察哪個編號的第一個生字是大寫開頭，有時那可能就是第一個答案的編號。

B ________ ________ ________ ________

①Lottie ②Douglas Banking Corporation. ③from ④This is

A ________ ________

①Hello, Lottie. ②Right.

B ________ ________ ________

①for our equity analyst position. ②your application
③We have considered

A ________

①Okay.

B ________ ________ ________ ________

①offer you ②have decided to ③We ④the position.

A ________ ________ ________

①I accept! ②I'm so pleased! ③Thank you.

B ________ ________ ________

①on July 15. ②Training week commences ③Fantastic.

B ________ ________ ________ ________ ________

①come to ②Please ③at 9 a.m. ④our headquarters
⑤that day.

A ________ ________ ________ ________

①I need ②Is there anything ③Got it. ④to prepare?

B ________ ________ ________

①Just ②and bank details. ③your passport

B ________ ________ ________

①take care of ②We'll ③the rest.

A ________ ________ ________

①Great. ②on the fifteenth. ③See you

第3步：聽到什麼寫什麼（複習二）

學習重點

1. 跟著影片逐字聽寫出課文內容，除了加強聽力，還可以訓練拼字的正確度。
2. 一般英語會話時能夠容忍的反應速度不超過三秒，多次重複聆聽後聽寫，能夠整合聽力和理解能力，聽過整句話就能馬上理解並反應。
3. 學習過程中不要死背單字拼法，聽到聲音利用自然發音的知識拼寫，多次練習後即可訓練正確拼字能力。

8

經過前面「句子重組」練習，你已經記得大約七成內容，在第二次的複習中，請準備建立英語腦，接下來的步驟要練習提示聽寫（dictation with hints），提高拼字的正確性。

請將聽到的句子填入 ______ 內

A ______________________________?

Hello?

B ______________________________?

speak may I Hello, to John Parsons?

後面跟著句點，代表
可能是這句的最後一個生字。

A ____.

Speaking.

B ____.

is Douglas Banking This from Lottie Corporation.

A ____.

Hello, Right. Lottie.

B ____.

equity analyst have considered We for position. your application our

A ____.

Okay.

B ____.

We decided position. offer have to you the

A ____!

I'm so Thank accept! you. pleased! I

B ____.

Training on Fantastic. week July 15. commences

B ____.

headquarters that Please to our at 9 a.m. day. come

A ____?

it. Is prepare? there I need Got anything to

B ____.

bank passport your Just and details.

B ____________________________________.

take of We'll rest. care the

A ____________________________________.

See fifteenth Great. on you the.

藉由觀察提示用生字後面是否有標點符號，可當成判定其是否為句尾最後一個字的參考點。

8

第4步：填空練習（複習三）

學習重點

1. 藉由填空練習，將學習聚焦到最容易遺忘的重要字彙片語，就像用螢光筆為課文畫重點，加深課程重點記憶。
2. 這個步驟會針對重要字彙、片語、文法概念練習，訓練你用完整的文句推測答案，而不是只能看空格字數猜答案。

經過前面「聽到什麼寫什麼」的訓練，你已經能記得八成內容，在第三次的複習中，你要做克漏字測驗（cloze test），再次強化聽力並提升口說能力。

請依照箭頭方向
依序填出正確的生字。

請參照下面句子，並依照編號和箭頭的方向填入生字。

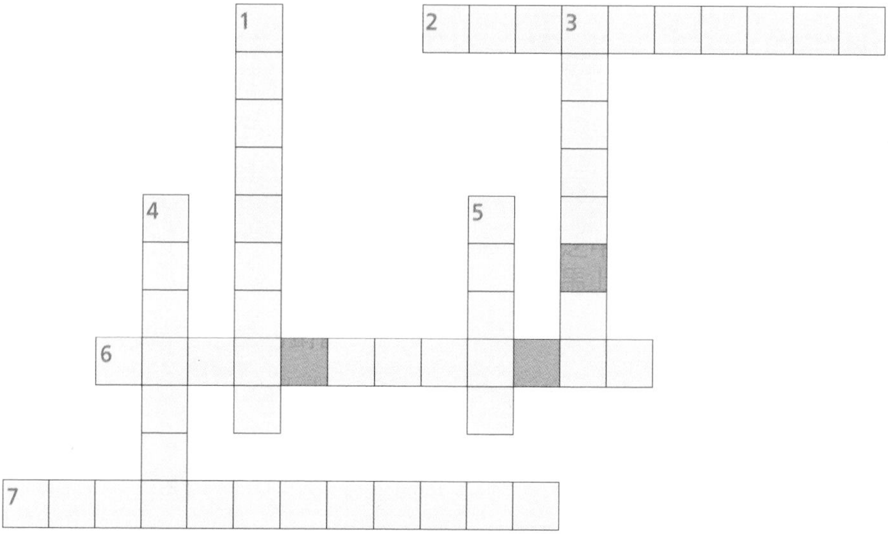

1 ↓ Training week ________ on July 15.

2 → We have ________ your application.

3 ↓ Hello, may I _______ __ John Parsons?

4 ↓ I'm so ______! Thank you.

5 ↓ We have decided to ______ you the position.

6 → We'll _____ _____ __ the rest.

7 → Please come to our ____________ at 9 a.m. that day.

第5步：聽寫測驗

學習重點

1. 透過測驗強化記憶程度，這就是認知科學家已證實的測驗效應，所以最後的聽寫測驗也是學英文不死記硬背的關鍵！
2. 聽著影片原音逐字逐句寫出完整內容，驗收學習成效。
3. 寫完後對下答案，評估一下學習成效，進步看得到！

經過前面每個步驟，在此你已經記得超過九成的內容，最後這個階段要來驗收你的學習成果，挑戰你是否能聽懂所有內容。

請將聽到的句子填入 ______ 內

A ____?

喂？

B ____?

喂，我能跟John Parsons說話嗎？

A ____.

我就是。

B ____.

我是Douglas銀行股份有限公司的Lottie。

A ____.

好的。哈囉，Lottie。

B ____.

我們已經考慮過你對於我們的證券分析師職位的申請。

A ____.

好的。

B ____.

我們已經決定要提供你這個職位。

A ____!

我好開心！謝謝妳。我接受！

B ____.

太棒了。訓練週從七月十五號開始。

B ____.

請在那天早上九點到我們的總部。

A ____?

了解。有任何我需要準備的東西嗎？

B ____.

只有你的護照和銀行細節資料。

B ____.

我們會處理剩下的事情。

A ____.

太好了。十五號見。

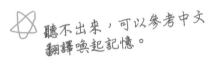

聽不出來，可以參考中文翻譯喚起記憶。

認識新工作環境的簡單會話

第1步：學習新課程

學習重點

1. 仔細聆聽影片原音，看自己能聽懂多少內容，如此反覆訓練「聽」懂英文，而不是只有「看」懂。
2. **查單字**是學英文過程中一個非常重要的技能，在課文中標記出不認識的單字，勤查字典，找出最合適的解釋，再結合完整影音情境學會最生活化的應用。
3. 學習過程中不會的生字查過要**做筆記**，記得搭配在《攻其不背：只要30天，馬上成為英文通》教過的筆記方式，把單字的含義與詞性等資訊寫在周邊空白處（margin），複習的時候才不會一眼就看到解答。
4. 特別注意**老師講解**中額外補充的重點字彙、片語、文法、文化差異以及母語人士常用的說法，學會以後在生活中很實用。
5. 有些長句比較複雜，即使生字都查過也不容易理解，這時候跟著**中文翻譯**分段消化吸收，更能正確理解英文句型架構。

英文課文

A It's great to have you on our team, Lottie.

B Thank you! I can't wait to get started.

A Let me show you around.

A This is the kitchen, our fridge...

B Great. Where's the bathroom?

A Just down the hall.

A This is our HR department.

A Eileen, this is Lottie.

A She's the new addition to our marketing team.

C Hi, Lottie! I'm in charge of social media marketing here.

B Nice to meet you, Eileen!

C You too. Your desk's here, next to mine.

A I'll let you get settled in, Lottie.

A If you have any questions, let me know.

發音Tips

連音唸得順，流暢度自然提升。像是It's、can't、Where's、Your desk's，雖然是小地方，但都值得多著墨喔。

課文翻譯

A 有妳在我們團隊真是太棒了，Lottie。

B 謝謝你！我等不及要開始了。

A 讓我帶妳四處看看。

A 這是廚房、我們的冰箱……

B 太棒了。廁所在哪裡呢？

A 就沿著走廊（就能看到）。

A 這是我們的人資部門。

A Eileen，這是Lottie。

A 她是我們行銷團隊的生力軍。

C 嗨，Lottie！我在這裡負責社群媒體行銷。

B 很高興認識妳，Eileen！

C 彼此彼此。妳的辦公桌在這裡，在我的旁邊。

A 我讓妳先適應一下，Lottie。

A 如果妳有任何問題，請讓我知道。

聽老師講解

1 can't wait to do something　等不及要做某事

例 After exercising, I can't wait to take a shower.
運動後，我等不及要去洗澡。

2 get started　開始

例 Wash your hands, and then let's get started.
把手洗一洗，然後我們就開始吧。

3 show someone around　帶某人四處看看

例 When you come visit, I'll show you around my neighborhood.
你來拜訪時，我會帶你到我的鄰區四處看看。

4 HR　人力資源

= Human Resources　縮寫

5 be in charge of　負責

例 He is in charge of the accounting department.
他負責會計部門。

= be responsible for

6 You too.　彼此彼此

= Nice to meet you too.　簡短說法

7 get settled in　適應環境

例 It takes a while to get settled in after moving to a new city.
搬到新城市之後，要花一段時間才能適應環境。

第2步：句子重組（複習一）

學習重點

1. 句子重組是為了訓練你**聽出關鍵字**的能力。若你能越快聽出關鍵字，就能越快抓住文意重點。
2. 多次訓練重組句子的速度，可幫助快速掌握英文語法結構。

經過前面「學習新課程」階段，相信你還記憶猶新，剛學過的課程印象還有五成以上，在第一次的複習中，請準備開啟英語耳，透過句子重組（unscramble）的訓練，讓你快速掌握英文語法結構。

請將答案選項填入 ______ 內

A ______ ______ ______ ______

①have you ②Lottie. ③on our team, ④It's great to

B ______ ______ ______

①I can't wait ②Thank you! ③to get started.

A ______ ______ ______

①show you ②Let me ③around.

A ______ ______ ______

①This is ②our fridge... ③the kitchen,

B ______ ______ ______

①Where's ②the bathroom? ③Great.

A ______ ______ ______

①Just ②down ③the hall.

A ______ ______ ______

①HR department. ②our ③This is

A ______ ______

①Eileen, ②this is Lottie.

A ______ ______ ______ ______

①to our ②marketing team. ③She's the ④new addition

可先觀察哪個編號的第一個生字是大寫開頭，有時那可能就是第一個答案的編號。

C ______ ______ ______ ______

①Hi, Lottie! ②social media marketing ③I'm in charge of ④here.

B ______ ______

①Eileen! ②Nice to meet you,

C ______ ______ ______

①Your desk's here, ②You too. ③next to mine.

A ______ ______ ______

①get settled in, ②I'll let you ③Lottie.

A ______ ______ ______

①let me know. ②any questions, ③If you have

第3步：聽到什麼寫什麼（複習二）

學習重點

1. 跟著影片逐字聽寫出課文內容，除了加強聽力，還可以訓練拼字的正確度。
2. 一般英語會話時能夠容忍的反應速度不超過三秒，多次重複聆聽後聽寫，能夠整合聽力和理解能力，聽過整句話就能馬上理解並反應。
3. 學習過程中不要死背單字拼法，聽到聲音利用自然發音的知識拼寫，多次練習後即可訓練正確拼字能力。

經過前面「句子重組」練習，你已經記得大約七成內容，在第二次的複習中，請準備建立英語腦，接下來的步驟要練習提示聽寫（dictation with hints），提高拼字的正確性。

請將聽到的句子填入 ______ 內

A ____.

to have on team, Lottie. great you our It's

B ____.

get to you! Thank I wait started. can't

不要死背單字拼法，利用自然發音知識拼寫。

A ______________________________.

Let show around. me you

A ______________________________...

kitchen, This the our is fridge...

B ______________________________?

Where's bathroom? Great. the

A ______________________________.

the Just hall. down

A ______________________________.

HR This department. our is

A ______________________________.

is Eileen, this Lottie.

A ______________________________.

marketing our new She's the to team. addition

C ______________________________.

charge Hi, marketing I'm in of media here. Lottie! social

B ______________________________!

meet to Eileen! Nice you,

C ______________________________.

next to You desk's too. Your here, mine.

A ______________________________.

get I'll settled you in, Lottie. let

A ____.

you let have know. If questions, me any

藉由觀察提示用生字後面是否有標點符號，可當成判定其是否為句尾最後一個字的參考點。

13

第4步：填空練習（複習三）

學習重點

1. 藉由填空練習，將學習聚焦到最容易遺忘的重要字彙片語，就像用螢光筆為課文畫重點，加深課程重點記憶。
2. 這個步驟會針對重要字彙、片語、文法概念練習，訓練你用完整的文句推測答案，而不是只能看空格字數猜答案。

經過前面「聽到什麼寫什麼」的訓練，你已經能記得八成內容，在第三次的複習中，你要做克漏字測驗（cloze test），再次強化聽力並提升口說能力。

請依照箭頭方向
依序填出正確的生字。

請參照下面句子，並依照編號和箭頭的方向填入生字。

1 → Let me _____ you _____.

2 ↓ She's the ___ ________ to our marketing team.

3 → I'm __ ______ __ social media marketing here.

4 ↓ I can't wait to get ______.

5 ↓ It's great to have you ___ our team, Lottie.

6 → Just _____ the hall.

7 → I'll let you get _______ ___, Lottie.

第5步：聽寫測驗

學習重點

1. 透過測驗強化記憶程度，這就是認知科學家已證實的測驗效應，所以最後的聽寫測驗也是學英文不死記硬背的關鍵！
2. 聽著影片原音逐字逐句寫出完整內容，驗收學習成效。
3. 寫完後對下答案，評估一下學習成效，進步看得到！

經過前面每個步驟，在此你已經記得超過九成的內容，最後這個階段要來驗收你的學習成果，挑戰你是否能聽懂所有內容。

請將聽到的句子填入 ______ 內

A ________________________________.

有妳在我們團隊真是太棒了，Lottie。

B ________________________________.

謝謝你！我等不及要開始了。

A ________________________________.

讓我帶妳四處看看。

A ____...

這是廚房、我們的冰箱……

B ____?

太棒了。廁所在哪裡呢？

A ____.

就沿著走廊（就能看到）。

A ____.

這是我們的人資部門。

A ____.

Eileen，這是 Lottie。

A ____.

她是我們行銷團隊的生力軍。

C ____.

嗨，Lottie！我在這裡負責社群媒體行銷。

B ____!

很高興認識妳，Eileen！

C ____.

彼此彼此。妳的辦公桌在這裡，在我的旁邊。

A ____.

我讓妳先適應一下，Lottie。

A ____.

如果妳有任何問題，請讓我知道。

聽不出來，可以參考中文
翻譯喚起記憶。

PART

2

職場相處不能不知的基本會話

- 有求於人的簡單句型
- 跟同事有所爭議時的會話應對
- 生病請假的簡單對話
- 同事離職的社交對話
- 提出離職需求的簡單對話

有求於人的簡單句型

第1步：學習新課程

學習重點

1. 仔細聆聽影片原音，看自己能聽懂多少內容，如此反覆訓練「聽」懂英文，而不是只有「看」懂。
2. **查單字**是學英文過程中一個非常重要的技能，在課文中標記出不認識的單字，勤查字典，找出最合適的解釋，再結合完整影音情境學會最生活化的應用。
3. 學習過程中不會的生字查過要**做筆記**，記得搭配在《攻其不背：只要30天，馬上成為英文通》教過的筆記方式，把單字的含義與詞性等資訊寫在周邊空白處（margin），複習的時候才不會一眼就看到解答。
4. 特別注意**老師講解**中額外補充的重點字彙、片語、文法、文化差異以及母語人士常用的說法，學會以後在生活中很實用。
5. 有些長句比較複雜，即使生字都查過也不容易理解，這時候跟著**中文翻譯**分段消化吸收，更能正確理解英文句型架構。

英文課文

A Lottie, is there any chance I could borrow your laptop very briefly?

B Sure. Is there something wrong with yours?

A Mine's just died, and I left my charger at home.

B Oh, that's a pain.

A It is. Anyway, it will take 10 minutes tops.

B You can have it for longer if you need it.

A It's okay. I need only to send a few documents, and I'll give it straight back.

B Okay then.

B Here you are.

A Thanks a lot.

A All done! Thanks for lending it to me, Lottie.

B You're welcome.

發音Tips

Is there any chance... 是提出請求的一種有禮問法，後面可以直接再接上想要詢問的內容，其中Is銜接到there的時候可以稍微連音過去。

課文翻譯

A Lottie，有沒有可能我可以借用一下下妳的筆電呢？

B 當然。你的筆電出了什麼問題嗎？

A 我的筆電剛剛沒電了，而我把我的充電器落在家裡。

B 喔，那真是件煩心事。

A 真的。不管怎樣，（借筆電）頂多需要十分鐘。

B 如果你需要的話，你可以借久一點。

A 沒關係。我只需要寄幾份檔案，然後我會馬上把它（筆電）還回來。

B 那好吧。

B 給你。

A 非常感謝。

A 都搞定了！謝謝妳借筆電給我，Lottie。

B 別客氣。

聽老師講解

1 Is there any chance...?　有沒有可能……？

例 Is there any chance I can take the day off tomorrow?
有沒有可能我明天請假一天呢？

2 Is there something wrong?　出了什麼問題嗎？

例 A：Is there something wrong with your phone?
A：你的手機出了什麼問題嗎？
B：No. I just want a new one.
B：沒有。我只是想要一台新的。

3 leave something＋地點　把某事物落在某處、把某事物留在某處

例 Did you leave your jacket on the bus?
你是不是把夾克落在公車上了？

4 pain　令人煩心的人或事情

例 My little brother is such a pain.
我弟弟真是個麻煩鬼。

5 take＋時間　需要多少時間

例 Your order will take 15 minutes.
您點的餐點需要 15 分鐘。

6 tops　頂多（常放在要修飾的詞後面）

例 I'll have the report ready in 30 minutes tops.
我頂多 30 分鐘就會把這份報告準備好。

7 give something back　歸還某物

例 Please give the book back to him.
請把書還給他。

8 Here you are　給你、在這裡

例 A：Can I please have a piece of paper?
A：請問我可以拿張紙嗎？
B：Here you are.
B：給妳。

9 borrow & lend　借

borrow → 跟別人借東西
lend → 借東西給別人

第2步：句子重組（複習一）

學習重點

1. 句子重組是為了訓練你**聽出關鍵字**的能力。若你能越快聽出關鍵字，就能越快抓住文意重點。
2. 多次訓練重組句子的速度，可幫助快速掌握英文語法結構。

經過前面「學習新課程」階段，相信你還記憶猶新，剛學過的課程印象還有五成以上，在第一次的複習中，請準備開啟英語耳，透過句子重組（unscramble）的訓練，讓你快速掌握英文語法結構。

請將答案選項填入 ______ 內

A ______ ______ ______ ______ ______ ______

①any chance ②very briefly? ③I could borrow ④is there ⑤your laptop ⑥Lottie,

B ______ ______ ______ ______

①with yours? ②something wrong ③Sure. ④Is there

可先觀察哪個編號的第一個生字是大寫開頭，有時那可能就是第一個答案的編號。

A ________ ________ ________ ________

①my charger ②Mine's just died, ③and I left ④at home.

B ________ ________

①Oh, ②that's a pain.

A ________ ________ ________ ________ ________

①10 minutes ②it will take ③tops. ④Anyway, ⑤It is.

B ________ ________ ________ ________

①for longer ②have it ③if you need it. ④You can

A ________ ________ ________ ________ ________

①and I'll give it ②a few documents, ③It's okay.
④straight back. ⑤I need only to send

B ________ ________

①then. ②Okay

B ________ ________ ________

①are. ②Here ③you

A ________ ________

①Thanks ②a lot.

A ________ ________ ________ ________

①Lottie. ②All done! ③lending it to me, ④Thanks for

B ________ ________

①You're ②welcome.

第3步：聽到什麼寫什麼（複習二）

學習重點

1. 跟著影片逐字聽寫出課文內容，除了加強聽力，還可以訓練拼字的正確度。
2. 一般英語會話時能夠容忍的反應速度不超過三秒，多次重複聆聽後聽寫，能夠整合聽力和理解能力，聽過整句話就能馬上理解並反應。
3. 學習過程中不要死背單字拼法，聽到聲音利用自然發音的知識拼寫，多次練習後即可訓練正確拼字能力。

經過前面「句子重組」練習，你已經記得大約七成內容，在第二次的複習中，請準備建立英語腦，接下來的步驟要練習提示聽寫（dictation with hints），提高拼字的正確性。

請將聽到的句子填入 ______ 內

A ____?

could is there your any I briefly? chance borrow very Lottie, laptop

藉由觀察提示用生字後面是否有標點符號，可當成判定其是否為句尾最後一個字的參考點。

B ____?

Is wrong there Sure. yours? something with

A ____.

my just left charger at Mine's and I home. died,

B ____.

that's Oh, a pain.

A ____.

minutes It tops. is. it take 10 Anyway, will

B ____.

it. longer You have it if you for need can

A ____.

It's documents, I give only to a and I'll it few
straight okay. need send back.

B ____.

then. Okay

B ____.

you are. Here

A ____.

Thanks lot. a

A ____.

lending Thanks All for it me, Lottie. done! to

B ____.

welcome. You're

√ 不要死背單字拼法，利用自然發音知識拼寫。

18

第4步：填空練習（複習三）

學習重點

1. 藉由填空練習，將學習聚焦到最容易遺忘的重要字彙片語，就像用螢光筆為課文畫重點，加深課程重點記憶。
2. 這個步驟會針對重要字彙、片語、文法概念練習，訓練你用完整的文句推測答案，而不是只能看空格字數猜答案。

經過前面「聽到什麼寫什麼」的訓練，你已經能記得八成內容，在第三次的複習中，你要做克漏字測驗（cloze test），再次強化聽力並提升口說能力。

請依照箭頭方向
依序填出正確的生字。

請參照下面句子，並依照編號和箭頭的方向填入生字。

1 ↓ Thanks for ______ it to me, Lottie.

2 → Mine's just died, and I ______ my charger at home.

3 → I'll ______ it straight ______.

4 ↓ Is there any ______ I could borrow your laptop very briefly?

5 → I need only to send __ ______ documents.

6 ↓ Is there something wrong ______ yours?

7 → Oh, that's a ______.

8 → Anyway, it will take 10 minutes ______.

19

第5步：聽寫測驗

學習重點

1. 透過測驗強化記憶程度，這就是認知科學家已證實的測驗效應，所以最後的聽寫測驗也是學英文不死記硬背的關鍵！
2. 聽著影片原音逐字逐句寫出完整內容，驗收學習成效。
3. 寫完後對下答案，評估一下學習成效，進步看得到！

經過前面每個步驟，在此你已經記得超過九成的內容，最後這個階段要來驗收你的學習成果，挑戰你是否能聽懂所有內容。

請將聽到的句子填入 ______ 內

A ____?

Lottie，有沒有可能我可以借用一下下妳的筆電呢？

B ____?

當然。你的筆電出了什麼問題嗎？

A ____.

我的筆電剛剛沒電了，而我把我的充電器落在家裡。

B ____.

喔，那真是件煩心事。

A ____.

真的。不管怎樣，（借筆電）頂多需要十分鐘。

B ____.

如果你需要的話，你可以借久一點。

A ____.

沒關係。我只需要寄幾份檔案，然後我會馬上把它（筆電）還回來。

B ____.

那好吧。

B ____.

給你。

A ____.

非常感謝。

A ____.

都搞定了！謝謝妳借筆電給我，Lottie。

B ____.

別客氣。

聽不出來，可以參考中文翻譯喚起記憶。

跟同事有所爭議時的會話應對

第1步：學習新課程

學習重點

1. 仔細聆聽影片原音，看自己能聽懂多少內容，如此反覆訓練「聽」懂英文，而不是只有「看」懂。
2. **查單字**是學英文過程中一個非常重要的技能，在課文中標記出不認識的單字，勤查字典，找出最合適的解釋，再結合完整影音情境學會最生活化的應用。
3. 學習過程中不會的生字查過要**做筆記**，記得搭配在《攻其不背：只要30天，馬上成為英文通》教過的筆記方式，把單字的含義與詞性等資訊寫在周邊空白處（margin），複習的時候才不會一眼就看到解答。
4. 特別注意**老師講解**中額外補充的重點字彙、片語、文法、文化差異以及母語人士常用的説法，學會以後在生活中很實用。
5. 有些長句比較複雜，即使生字都查過也不容易理解，這時候跟著**中文翻譯**分段消化吸收，更能正確理解英文句型架構。

英文課文

A Lottie, do you have a second?

B Sure. What's up?

A You took credit for my idea during the meeting just now.

A I'm really frustrated.

B What?! What are you referring to?

A The tagline for this month's marketing campaign – I came up with that.

B No, you didn't! That was definitely my line.

A It wasn't, Lottie.

A And this isn't the first time you've taken credit for my ideas.

B I honestly do not know what you are talking about.

A Please stop doing this.

A Otherwise, I will have to speak with senior management.

發音Tips

辦公室溝通難免會出現摩擦，這時要如何平靜溝通，語氣很重要。

可以留意這部影片提出不滿的男同事，尾音都沒有特別激昂，平穩帶過。

課文翻譯

A Lottie，妳有空嗎？

B 當然。怎麼了？

A 妳剛剛在會議中搶走我點子的功勞。

A 我真的很挫折。

B 什麼？！你是指什麼？

A 這個月的行銷活動標語——那是我想出來的。

B 不，你沒有！那肯定是我的標語。

A 那不是，Lottie。

A 而這不是妳第一次搶走我點子的功勞了。

B 我真心不知道你在說什麼。

A 請停止這麼做。

A 不然的話，我就必須要和高階管理部門談談了。

聽老師講解

1 have a second 有一小段時間的空閒、有空

＝have a minute
＝have a moment

例 Do you have a second? I want to confirm our travel dates.
你有空嗎？我想要確認我們的旅行日期。

2 What's up? 怎麼了？

例 A：What's up?
A：怎麼了？
B：Are you going to the barbecue later?
B：你等等要去烤肉嗎？

3 take credit for 居功、將某事的功勞歸為某人；搶功勞

例 The heroic firefighter was embarrassed to take credit for saving the child.
那個英勇的消防員不好意思將拯救孩子的功勞歸功於自己。

例 Even though I worked the hardest on our group project, my classmate took all of the credit.
雖然我在我們的團體報告中最努力，但我的同學搶了所有功勞。

4 refer to 指、提到

例 A：What are you referring to?
A：你在指什麼？
B：I'm referring to our conversation yesterday.
B：我是在指我們昨天的對話。

5 come up with 想出、想到

例 I came up with a great idea for the year-end party!
我想到一個尾牙的好點子！

6 stop doing something 停止做某事

例 Stop watching TV and listen to me!
停止看電視，然後聽我說！

7 speak with 和……說話

例 My teacher would like to speak with my parents.
我的老師想要和我爸媽聊聊。

第2步：句子重組（複習一）

學習重點

1. 句子重組是為了訓練你**聽出關鍵字**的能力。若你能越快聽出關鍵字，就能越快抓住文意重點。
2. 多次訓練重組句子的速度，可幫助快速掌握英文語法結構。

經過前面「學習新課程」階段，相信你還記憶猶新，剛學過的課程印象還有五成以上，在第一次的複習中，請準備開啟英語耳，透過句子重組（unscramble）的訓練，讓你快速掌握英文語法結構。

請將答案選項填入 ______ 內

A ______ ______ ______

①have a second? ②Lottie, ③do you

B ______ ______

①Sure. ②What's up?

A ______ ______ ______ ______ ______

①took credit for ②during the meeting ③just now.
④You ⑤my idea

可先觀察哪個編號的第一個生字是大寫開頭，有時那可能就是第一個答案的編號。

A ________ ________ ________

①I'm ②frustrated. ③really

B ________ ________ ________

①referring to? ②What are you ③What?!

A ________ ________ ________ ________

①marketing campaign— ②I came up with that.
③The tagline ④for this month's

B ________ ________ ________

①No, you didn't! ②definitely my line. ③That was

A ________ ________

①Lottie. ②It wasn't,

A ________ ________ ________ ________

①you've taken credit for ②the first time ③my ideas.
④And this isn't

B ________ ________ ________

①what you are talking about. ②I honestly
③do not know

A ________ ________ ________

①doing this. ②Please ③stop

A ________ ________ ________ ________

①speak ②with senior management. ③I will have to
④Otherwise,

第3步：聽到什麼寫什麼（複習二）

學習重點

1. 跟著影片逐字聽寫出課文內容，除了加強聽力，還可以訓練拼字的正確度。
2. 一般英語會話時能夠容忍的反應速度不超過三秒，多次重複聆聽後聽寫，能夠整合聽力和理解能力，聽過整句話就能馬上理解並反應。
3. 學習過程中不要死背單字拼法，聽到聲音利用自然發音的知識拼寫，多次練習後即可訓練正確拼字能力。

經過前面「句子重組」練習，你已經記得大約七成內容，在第二次的複習中，請準備建立英語腦，接下來的步驟要練習提示聽寫（dictation with hints），提高拼字的正確性。

請將聽到的句子填入 ______ 內

A ______________________________?

have you second? do Lottie, a

B ______________________________?

What's Sure. up?

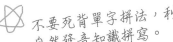

不要死背單字拼法，利用自然發音知識拼寫。

後面跟著句點，代表
可能是這句的最後一個生字。

A ____.

for You meeting just credit my idea took during the now.

A ____.

I'm frustrated. really

B ____?

referring are What?! to? What you

A ____.

this marketing The for month's campaign— up that. tagline with came I

B ____.

line. you my No, didn't! definitely was That

A ____.

It Lottie. wasn't,

A ____.

time my And this the first ideas. taken isn't credit for you've

B ____.

about. I talking know honestly are do not what you

A ____.

stop this. Please doing

A ____.

will speak management. senior with I have to Otherwise,

第4步：填空練習（複習三）

學習重點

1. 藉由填空練習，將學習聚焦到最容易遺忘的重要字彙片語，就像用螢光筆為課文畫重點，加深課程重點記憶。
2. 這個步驟會針對重要字彙、片語、文法概念練習，訓練你用完整的文句推測答案，而不是只能看空格字數猜答案。

經過前面「聽到什麼寫什麼」的訓練，你已經能記得八成內容，在第三次的複習中，你要做克漏字測驗（cloze test），再次強化聽力並提升口說能力。

請參照下面句子，並依照編號
和箭頭的方向填入生字。

請依照箭頭方向依序填出正確的生字。

1 ↓ What are you _________ __?

2 → I'm really _________.

3 → Lottie, do you have __ _____?

4 ↓ The tagline for this month's marketing _________.

5 → I _____ __ _____ that.

6 ↓ You took _____ for my idea during the meeting.

7 → Please stop _____ this.

第5步：聽寫測驗

學習重點

1. 透過測驗強化記憶程度，這就是認知科學家已證實的測驗效應，所以最後的聽寫測驗也是學英文不死記硬背的關鍵！
2. 聽著影片原音逐字逐句寫出完整內容，驗收學習成效。
3. 寫完後對下答案，評估一下學習成效，進步看得到！

經過前面每個步驟，在此你已經記得超過九成的內容，最後這個階段要來驗收你的學習成果，挑戰你是否能聽懂所有內容。

請將聽到的句子填入 ______ 內

A ______________________________?

Lottie，妳有空嗎？

B ______________________________?

當然。怎麼了？

A ______________________________.

妳剛剛在會議中搶走我點子的功勞。

A ______________________________.

我真的很挫折。

B ______________________________?

什麼？！你是指什麼？

A ______________________________.

這個月的行銷活動標語——那是我想出來的。

B ______________________________.

不，你沒有！那肯定是我的標語。

A ______________________________.

那不是，Lottie。

A ______________________________.

而這不是妳第一次搶走我點子的功勞了。

B ______________________________.

我真心不知道你在說什麼。

A ______________________________.

請停止這麼做。

A ______________________________.

不然的話，我就必須要和高階管理部門談談了。

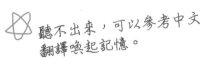

☆ 聽不出來，可以參考中文翻譯喚起記憶。

生病請假的簡單對話

第1步：學習新課程

學習重點

1. 仔細聆聽影片原音，看自己能聽懂多少內容，如此反覆訓練「聽」懂英文，而不是只有「看」懂。
2. **查單字**是學英文過程中一個非常重要的技能，在課文中標記出不認識的單字，勤查字典，找出最合適的解釋，再結合完整影音情境學會最生活化的應用。
3. 學習過程中不會的生字查過要**做筆記**，記得搭配在《攻其不背：只要30天，馬上成為英文通》教過的筆記方式，把單字的含義與詞性等資訊寫在周邊空白處（margin），複習的時候才不會一眼就看到解答。
4. 特別注意**老師講解**中額外補充的重點字彙、片語、文法、文化差異以及母語人士常用的說法，學會以後在生活中很實用。
5. 有些長句比較複雜，即使生字都查過也不容易理解，這時候跟著**中文翻譯**分段消化吸收，更能正確理解英文句型架構。

英文課文

A Hi, it's Lottie.

A I'm afraid I'm going to have to take today off.

B I see. Are you okay?

A I didn't sleep at all last night because of a really bad migraine.

B Oh, that sounds horrible.

B Are you taking any medication?

A Yes, some very strong painkillers.

B Okay, good.

B Just one thing—can you send me your client's contact details?

A Yes, that's fine. I'll do that now.

B Wonderful. I really hope you feel better soon.

A Thanks. With any luck, I'll be back at work tomorrow.

B See you then.

發音Tips

I'm afraid I'm going to have to take today off. 像這句有兩個I'm、兩個to，口說時須在正確位置停頓，才不會影響聽者的理解喔！可以這樣練習：

▷ I'm afraid（停頓）I'm going to（停頓）have to take today off.

課文翻譯

A 嗨，我是Lottie。

A 恐怕我今天會需要請假。

B 我知道了。妳還好嗎？

A 我昨晚因為很嚴重的偏頭痛完全沒睡。

B 喔，那聽起來很糟。

B 妳有在服用任何藥物嗎？

A 有，一些藥效很強的止痛藥。

B 好，很好。

B 只有一件事情——妳可以寄給我妳那位客戶的聯絡詳細資訊嗎？

A 好，那沒問題。我會現在做那件事。

B 太好了。我真心希望妳很快就好起來。

A 謝謝。但願我明天就會回到工作崗位。

B 到時候見。

聽老師講解

1 take today off 今天請假

例 Why don't you take today off and visit your grandmother at the hospital?
你何不今天請假，然後去醫院看你奶奶？

2 not...at all 一點都沒有

例 I haven't eaten at all today.
我今天什麼東西都沒吃。

3 because of 因為

（後面要加上一件事物，性質為名詞。）

例 The flight was delayed because of the typhoon.
班機因為颱風延遲了。

4 take medication 服藥、吃藥

例 I'm taking medication because of my allergies.
我因為我的過敏在吃藥。

5 painkiller 止痛藥

6 I really hope you feel better soon.

我真心希望妳很快就好起來。

＝I hope you have a speedy recovery!
＝I hope you get well soon!

7 with any luck 但願、希望

例 With any luck, they will hire me.
但願他們會雇用我。

8 See you then. 到時候見

then（到時、那時）可替換成不同時間。例：

See you next week.

下禮拜見。

See you at five.

五點見。

第2步：句子重組（複習一）

學習重點

1. 句子重組是為了訓練你**聽出關鍵字**的能力。若你能越快聽出關鍵字，就能越快抓住文意重點。
2. 多次訓練重組句子的速度，可幫助快速掌握英文語法結構。

經過前面「學習新課程」階段，相信你還記憶猶新，剛學過的課程印象還有五成以上，在第一次的複習中，請準備開啟英語耳，透過句子重組（unscramble）的訓練，讓你快速掌握英文語法結構。

請將答案選項填入 ______ 內

A ______ ______

①Hi, ②it's Lottie.

A ______ ______ ______ ______

①take today off. ②have to ③I'm afraid ④I'm going to

B ______ ______ ______

①okay? ②Are you ③I see.

可先觀察哪個編號的第一個生字是大寫開頭，有時那可能就是第一個答案的編號。

A ______ ______ ______ ______ ______

①at all ②because of ③a really bad migraine. ④last night
⑤I didn't sleep

B ______ ______ ______

①horrible. ②Oh, ③that sounds

B ______ ______ ______

①taking any ②Are you ③medication?

A ______ ______ ______

①Yes, ②painkillers. ③some very strong

B ______ ______

①Okay, ②good.

B ______ ______ ______ ______

①can you send me ②Just one thing— ③contact details?
④your client's

A ______ ______ ______

①I'll do that now. ②that's fine. ③Yes,

B ______ ______ ______ ______ ______

①feel better ②hope you ③soon. ④Wonderful. ⑤I really

A ______ ______ ______ ______ ______

①at work ②Thanks. ③I'll be back ④tomorrow.
⑤With any luck,

B ______ ______ ______

①then. ②See you

27

第3步：聽到什麼寫什麼（複習二）

學習重點

1. 跟著影片逐字聽寫出課文內容，除了加強聽力，還可以訓練拼字的正確度。
2. 一般英語會話時能夠容忍的反應速度不超過三秒，多次重複聆聽後聽寫，能夠整合聽力和理解能力，聽過整句話就能馬上理解並反應。
3. 學習過程中不要死背單字拼法，聽到聲音利用自然發音的知識拼寫，多次練習後即可訓練正確拼字能力。

經過前面「句子重組」練習，你已經記得大約七成內容，在第二次的複習中，請準備建立英語腦，接下來的步驟要練習提示聽寫（dictation with hints），提高拼字的正確性。

請將聽到的句子填入 ______ 內

A ______________________________.

it's Hi, Lottie.

A ______________________________.

I'm today I'm off. going have afraid to take to

B ______________________________.

okay? I Are see. you

A ______________________________.

I bad sleep at migraine. all night didn't because a really last of

B ______________________________.

that horrible. Oh, sounds

B ______________________________.

medication? taking any Are you

A ______________________________.

very painkillers. Yes, strong some

B ______________________________.

Okay, good.

B ______________________________.

contact send one client's thing— can details? Just you me your

A ______________________________.

Yes, do fine. I'll now. that that's

B ______________________________.

better I feel really Wonderful. hope you soon.

A ______________________________.

Thanks. back tomorrow. any luck, I'll at work With be

後面跟著句點，代表
可能是這句的最後一個生字。

28

B ____.

you then. See

不要死背單字拼法，利用
自然發音知識拼寫。

第4步：填空練習（複習三）

學習重點

1. 藉由填空練習，將學習聚焦到最容易遺忘的重要字彙片語，就像用螢光筆為課文畫重點，加深課程重點記憶。
2. 這個步驟會針對重要字彙、片語、文法概念練習，訓練你用完整的文句推測答案，而不是只能看空格字數猜答案。

經過前面「聽到什麼寫什麼」的訓練，你已經能記得八成內容，在第三次的複習中，你要做克漏字測驗（cloze test），再次強化聽力並提升口說能力。

請參照下面句子，並依照編號和箭頭的方向填入生字。

請依照箭頭方向依序填出正確的生字。

1 ↓ Just one thing—can you send me your client's ______ details?

2 → Are you taking ________?

3 → I really hope you ____ ______ soon.

4 → I didn't sleep __ ____ last night.

5 ↓ With any ____, I'll be back at work tomorrow.

6 ↓ I'm afraid I'm going to have to ____ today ____.

7 → Yes, some very strong ________.

第5步：聽寫測驗

學習重點

1. 透過測驗強化記憶程度，這就是認知科學家已證實的測驗效應，所以最後的聽寫測驗也是學英文不死記硬背的關鍵！
2. 聽著影片原音逐字逐句寫出完整內容，驗收學習成效。
3. 寫完後對下答案，評估一下學習成效，進步看得到！

經過前面每個步驟，在此你已經記得超過九成的內容，最後這個階段要來驗收你的學習成果，挑戰你是否能聽懂所有內容。

請將聽到的句子填入 ______ 內

A ______________________________.

嗨，我是 Lottie。

A ______________________________.

恐怕我今天會需要請假。

B ______________________________?

我知道了。妳還好嗎？

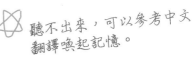

聽不出來，可以參考中文翻譯喚起記憶。

30

A ____.

我昨晚因為很嚴重的偏頭痛完全沒睡。

B ____.

喔，那聽起來很糟。

B ____?

妳有在服用任何藥物嗎？

A ____.

有，一些藥效很強的止痛藥。

B ____.

好，很好。

B ____?

只有一件事情——妳可以寄給我妳那位客戶的聯絡詳細資訊嗎？

A ____.

好，那沒問題。我會現在做那件事。

B ____.

太好了。我真心希望妳很快就好起來。

A ____.

謝謝。但願我明天就會回到工作崗位。

B ____.

到時候見。

同事離職的社交對話

第1步：學習新課程

學習重點

1. 仔細聆聽影片原音，看自己能聽懂多少內容，如此反覆訓練「聽」懂英文，而不是只有「看」懂。
2. **查單字**是學英文過程中一個非常重要的技能，在課文中標記出不認識的單字，勤查字典，找出最合適的解釋，再結合完整影音情境學會最生活化的應用。
3. 學習過程中不會的生字查過要**做筆記**，記得搭配在《攻其不背：只要30天，馬上成為英文通》教過的筆記方式，把單字的含義與詞性等資訊寫在周邊空白處（margin），複習的時候才不會一眼就看到解答。
4. 特別注意**老師講解**中額外補充的重點字彙、片語、文法、文化差異以及母語人士常用的說法，學會以後在生活中很實用。
5. 有些長句比較複雜，即使生字都查過也不容易理解，這時候跟著**中文翻譯**分段消化吸收，更能正確理解英文句型架構。

英文課文

A Hi, John.

A I heard you're leaving the company next month. Is this true?

B Sadly, yes.

A How come?

B My wife has been offered a position in a different city.

A Wow. Please send her my congratulations.

B Thank you. I will.

A I'm so sad you're leaving, though.

B Me too. I've really enjoyed working with you guys.

A We will have to organize a farewell party for you.

B Oh, no, I don't want any fuss.

A I insist!

A Tell me which days would work for you, and I'll sort something out.

B You're very kind. Thank you.

發音Tips

碰到長句時，可以依照句意分隔成片語單位，例如：

▷ My wife | has been offered | a position | in a different city.

每個單位唸順後，再串在一起，會更流暢喔。

課文翻譯

A 嗨，John。

A 我聽說你下個月要離開公司了。這是真的嗎？

B 很可惜地，是的。

A 怎麼會呢？

B 我太太被提供一個在別的城市的職位。

A 哇。請將我的祝賀轉達給她。

B 謝謝妳。我會的。

A 但我很難過你要離開了。

B 我也是。我一直都很享受和你們大家一起工作。

A 我們得要為你辦個歡送派對。

B 喔，不，我不想讓大家太忙。

A 我堅持！

A 告訴我哪幾天對你合適，然後我會安排處理好。

B 妳人真好。謝謝妳。

聽老師講解

1 現在進行式　表示「未來的安排或計畫」

例 She is leaving for vacation in Hawaii next week.
她下禮拜要去夏威夷度假。

2 How come?　怎麼會呢？

例 A：Thanks for inviting me to the party, but I can't make it.
A：謝謝你邀請我去那派對，但我不能去。
B：Too bad. How come?
B：太可惜了。為什麼呢？

3 offer a position　提供一個職位

例 You have been offered a position in our sales department.
你得到我們公司銷售部門的職位了。

4 though　然而、但是

（多放句尾修飾。）

例 Thank you for your clear explanation; I have a few questions, though.
感謝你清楚的解釋；但我還有些問題。

5 enjoy doing something　享受做某件事情

例 She enjoys talking with her father after dinner.
她很享受晚餐後和她爸爸聊天。

6 fuss　為小事情的費心、操心、大驚小怪

例 Excuse me. I don't want any fuss, but my soup is cold.
不好意思。我不想要大驚小怪，但我的湯冷掉了。

7 work　行得通

例 Let's get coffee. Tuesday or Wednesday morning works for me.
我們來喝個咖啡吧。禮拜二或禮拜三早上對我來說都合適。

8 sort something out　安排處理好某事

例 You book the hotel room, and I'll sort the plane tickets out.
你去訂飯店房間，然後我會處理好機票的事情。

第2步：句子重組（複習一）

學習重點

1. 句子重組是為了訓練你**聽出關鍵字**的能力。若你能越快聽出關鍵字，就能越快抓住文意重點。
2. 多次訓練重組句子的速度，可幫助快速掌握英文語法結構。

經過前面「學習新課程」階段，相信你還記憶猶新，剛學過的課程印象還有五成以上，在第一次的複習中，請準備開啟英語耳，透過句子重組（unscramble）的訓練，讓你快速掌握英文語法結構。

請將答案選項填入 ______ 內

A ______ ______

①Hi, ②John.

A ______ ______ ______ ______ ______

①you're leaving ②next month. ③I heard ④the company ⑤Is this true?

B ______ ______

①yes. ②Sadly,

A ________ ________

①come? ②How

B ________ ________ ________ ________

①in a different city. ②has been offered ③My wife
④a position

A ________ ________ ________

①Please send her ②my congratulations. ③Wow.

B ________ ________

①I will. ②Thank you.

A ________ ________ ________

①you're leaving, ②I'm so sad ③though.

B ________ ________ ________ ________

①working with ②Me too. ③you guys. ④I've really enjoyed

A ________ ________ ________ ________

①for you. ②have to organize ③a farewell party ④We will

B ________ ________ ________

①Oh, no, ②any fuss. ③I don't want

A ________

①I insist!

A ________ ________ ________ ________ ________

①which days ②sort something out. ③would work
④for you, and I'll ⑤Tell me

B ________ ________ ________

①very kind. ②Thank you. ③You're

可先觀察哪個編號的第一個生字是大寫開頭，有時那可能就是第一個答案的編號。

第3步：聽到什麼寫什麼（複習二）

學習重點

1. 跟著影片逐字聽寫出課文內容，除了加強聽力，還可以訓練拼字的正確度。
2. 一般英語會話時能夠容忍的反應速度不超過三秒，多次重複聆聽後聽寫，能夠整合聽力和理解能力，聽過整句話就能馬上理解並反應。
3. 學習過程中不要死背單字拼法，聽到聲音利用自然發音的知識拼寫，多次練習後即可訓練正確拼字能力。

經過前面「句子重組」練習，你已經記得大約七成內容，在第二次的複習中，請準備建立英語腦，接下來的步驟要練習提示聽寫（dictation with hints），提高拼字的正確性。

請將聽到的句子填入 ______ 內

A ____.

John. Hi,

A ____?

month. I Is heard you're true? the leaving next this company

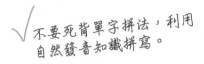

不要死背單字拼法，利用自然發音知識拼寫。

B ______________________________.

yes. Sadly,

A ______________________________?

come? How

B ______________________________.

city. wife a My has position different offered in been a

A ______________________________.

Wow. send congratulations. my her Please

B ______________________________.

will. you. Thank I

A ______________________________.

you're I'm though. so leaving, sad

B ______________________________.

too. with really Me I've guys. enjoyed working you

A ______________________________.

organize farewell you. We to a party for will have

B ______________________________.

want Oh, fuss. I no, don't any

A ______________________________!

insist! I

A ______________________________.

sort Tell for me something days would out. work I'll you, and which

B ____.

Thank very You're you. kind.

藉由觀察提示用生字後面是否有標點符號，可當成判定其是否為句尾最後一個字的參考點。

第4步：填空練習（複習三）

學習重點

1. 藉由填空練習，將學習聚焦到最容易遺忘的重要字彙片語，就像用螢光筆為課文畫重點，加深課程重點記憶。
2. 這個步驟會針對重要字彙、片語、文法概念練習，訓練你用完整的文句推測答案，而不是只能看空格字數猜答案。

經過前面「聽到什麼寫什麼」的訓練，你已經能記得八成內容，在第三次的複習中，你要做克漏字測驗（cloze test），再次強化聽力並提升口說能力。

請依照箭頭方向
依序填出正確的生字。

請參照下面句子，並依照編號和箭頭的方向填入生字。

1 ↓ My wife has been offered a ________ in a different city.

2 → How ____?

3 ↓ I heard you're ________ the company next month.

4 ↓ Please ____ her my congratulations.

4 → I'll ____ something ____.

5 ↓ I'm so sad you're leaving, ______.

6 → I've really enjoyed _______ with you guys.

7 → I don't want any ____.

第5步：聽寫測驗

學習重點

1. 透過測驗強化記憶程度，這就是認知科學家已證實的測驗效應，所以最後的聽寫測驗也是學英文不死記硬背的關鍵！
2. 聽著影片原音逐字逐句寫出完整內容，驗收學習成效。
3. 寫完後對下答案，評估一下學習成效，進步看得到！

經過前面每個步驟，在此你已經記得超過九成的內容，最後這個階段要來驗收你的學習成果，挑戰你是否能聽懂所有內容。

請將聽到的句子填入 ______ 內

A ______________________________.

嗨，John。

A ______________________________?

我聽說你下個月要離開公司了。這是真的嗎？

B ______________________________.

很可惜地，是的。

A ______________________________?

怎麼會呢？

B ______________________________.

我太太被提供一個在別的城市的職位。

A ______________________________.

哇。請將我的祝賀轉達給她。

B ______________________________.

謝謝妳。我會的。

A ______________________________.

但我很難過你要離開了。

B ______________________________.

我也是。我一直都很享受和你們大家一起工作。

A ______________________________.

我們得要為你辦個歡送派對。

B ______________________________.

喔，不，我不想讓大家太忙。

A ______________________________!

我堅持！

A ______________________________.

告訴我哪幾天對你合適，然後我會安排處理好。

B ____.

妳人真好。謝謝妳。

☆ 聽不出來，可以參考中文翻譯喚起記憶。

提出離職需求的簡單對話

第1步：學習新課程

學習重點

1. 仔細聆聽影片原音，看自己能聽懂多少內容，如此反覆訓練「聽」懂英文，而不是只有「看」懂。
2. **查單字**是學英文過程中一個非常重要的技能，在課文中標記出不認識的單字，勤查字典，找出最合適的解釋，再結合完整影音情境學會最生活化的應用。
3. 學習過程中不會的生字查過要**做筆記**，記得搭配在《攻其不背：只要30天，馬上成為英文通》教過的筆記方式，把單字的含義與詞性等資訊寫在周邊空白處（margin），複習的時候才不會一眼就看到解答。
4. 特別注意**老師講解**中額外補充的重點字彙、片語、文法、文化差異以及母語人士常用的說法，學會以後在生活中很實用。
5. 有些長句比較複雜，即使生字都查過也不容易理解，這時候跟著**中文翻譯**分段消化吸收，更能正確理解英文句型架構。

英文課文

A Sorry this is a bit out of the blue, but I'm handing in my notice.

B Really? Right, okay. Why is that?

A I've decided to go traveling for a year.

B Wow! I wish you all the best.

B What date will you be departing?

A March 8, but I need a week to prepare and to visit friends and family.

B Sure. Can you stay with the company until the last day of February, then?

A Yes. That would be ideal.

A I'll miss working here.

A This hasn't been an easy decision.

B We will miss you too.

B You have been a real asset to this company.

發音Tips

觀察語調上揚、下沉，能讓情緒表達更突出。

- Really? 語調往上，除表達疑問外，更能表現出驚訝情緒。
- Right, okay. 語調下沉，有冷靜下來的感覺，在驚訝後穩住情緒繼續對話。

課文翻譯

A 抱歉這有點突然，但我要來提辭呈。

B 真的嗎？好，好的。為什麼呢？

A 我已經決定要去旅遊一年。

B 哇！我希望你一切都順利。

B 你哪一天要離開呢？

A 三月八號，但我需要一個星期準備並拜訪朋友和家人。

B 當然。那你可以在公司留到二月的最後一天嗎？

A 可以。那會很理想。

A 我會想念在這裡工作的。

A 這一直都不是個簡單的決定。

B 我們也會想你的。

B 你對這間公司來說一直都是得力助手。

聽老師講解

1 a bit　有點、稍微

例 I'll be a bit late; please start without me.
我會有點遲到；請不用等我先開始。

2 out of the blue　出乎意料地、突然

例 He quit out of the blue.
他突然辭職了。

3 hand in one's notice　提（某人的）辭呈

例 He handed in his notice yesterday.
他昨天提出辭呈。

4 Really?　真的嗎？

= Oh! Are you sure?　喔！你確定嗎？
= No way!　不！
= What?　什麼？

5 Why is that?　那件事是為什麼呢？為什麼呢？

→ that 代指前面「他要離職」這件事情

例 A：There is no company trip this year.
A：今年沒有員工旅遊了。
B：Why is that?
B：為什麼？

6 I wish you all the best.　我希望你一切都順利。

= Good luck!　祝你好運！
= Best of luck!　祝你好運！

7 What date will you be departing? 你哪一天要離開呢？

= When are you leaving? （你什麼時候要離開？）
= What day are you leaving? （你哪一天要離開？）

8 英文日期唸法

日期部分須唸作「序數」，也就是第一 first、第二 second、第五 fifth 等……

此處「三月八日」唸法即為 March eighth。

9 would 表達委婉語氣

would 雖然是 will 的過去式，但常運用在現在時態，表達「委婉、有禮」的語氣。

10 miss doing something 想念做某事

例 I miss spending time with my college friends.
我想念和我的大學朋友在一起的時間。

11 完成式應用時機

完成式能表達從過去到現在「一直以來」的語氣。課文此處即是強調「這『一直』都不是個簡單的決定。」

若用一般現在式 This is not an easy decision.，句子仍成立，但僅單純敘述事實，沒有時間持續感。

12 real asset 得力助手

字面上是「實質資產」，但其實是要表達「真的寶貴的人才、得力助手」。

例 This basketball player is a real asset to the team.
那個籃球員是那個球隊裡的寶貴人才。

第2步：句子重組（複習一）

學習重點

1. 句子重組是為了訓練你**聽出關鍵字**的能力。若你能越快聽出關鍵字，就能越快抓住文意重點。
2. 多次訓練重組句子的速度，可幫助快速掌握英文語法結構。

經過前面「學習新課程」階段，相信你還記憶猶新，剛學過的課程印象還有五成以上，在第一次的複習中，請準備開啟英語耳，透過句子重組（unscramble）的訓練，讓你快速掌握英文語法結構。

請將答案選項填入 ______ 內

A ______ ______ ______ ______ ______

①out of the blue, ②I'm handing in my notice. ③this is a bit ④Sorry ⑤but

B ______ ______ ______

①Right, okay. ②Why is that? ③Really?

A ______ ______ ______

①I've decided to ②for a year. ③go traveling

B ______ ______ ______

①all the best. ②I wish you ③Wow!

B ______ ______

①will you be departing? ②What date

A ______ ______ ______ ______

①but I need a week ②and to visit friends and family.
③March 8, ④to prepare

B ______ ______ ______ ______ ______

①until the last day of February, ②then? ③Can you stay
④Sure. ⑤with the company

A ______ ______ ______

①That would ②be ideal. ③Yes.

A ______ ______

①working here. ②I'll miss

A ______ ______

①This hasn't been ②an easy decision.

B ______ ______ ______

①miss you ②We will ③too.

B ______ ______ ______

①a real asset ②to this company. ③You have been

可先觀察哪個編號的第一個生字是大寫開頭，有時那可能就是第一個答案的編號。

第3步：聽到什麼寫什麼（複習二）

學習重點

1. 跟著影片逐字聽寫出課文內容，除了加強聽力，還可以訓練拼字的正確度。
2. 一般英語會話時能夠容忍的反應速度不超過三秒，多次重複聆聽後聽寫，能夠整合聽力和理解能力，聽過整句話就能馬上理解並反應。
3. 學習過程中不要死背單字拼法，聽到聲音利用自然發音的知識拼寫，多次練習後即可訓練正確拼字能力。

經過前面「句子重組」練習，你已經記得大約七成內容，在第二次的複習中，請準備建立英語腦，接下來的步驟要練習提示聽寫（dictation with hints），提高拼字的正確性。

請將聽到的句子填入 ______ 內

A ____.

is blue, in my notice. bit Sorry a of but this out handing I'm the

不要死背單字拼法，利用自然發音知識拼寫。

B ______________________________?

that? Right, Really? Why okay. is

A ______________________________.

decided go a year. I've to for traveling

B ______________________________.

the I wish Wow! you best. all

B ______________________________?

will be What you date departing?

A ______________________________.

but a week to visit to prepare and family. and March 8, I need friends

B ______________________________?

last day Sure. you February, the then? stay with the Can company until of

A ______________________________.

would be Yes. ideal. That

A ______________________________.

I'll here. working miss

A ______________________________.

hasn't easy This decision. been an

B ______________________________.

too. miss We you will

B ____.

real You this have to been company. a asset

後面跟著句點，代表
可能是這句的最後一個生字。

第4步：填空練習（複習三）

學習重點

1. 藉由填空練習，將學習聚焦到最容易遺忘的重要字彙片語，就像用螢光筆為課文畫重點，加深課程重點記憶。
2. 這個步驟會針對重要字彙、片語、文法概念練習，訓練你用完整的文句推測答案，而不是只能看空格字數猜答案。

經過前面「聽到什麼寫什麼」的訓練，你已經能記得八成內容，在第三次的複習中，你要做克漏字測驗（cloze test），再次強化聽力並提升口說能力。

請參照下面句子，並依照編號和箭頭的方向填入生字。

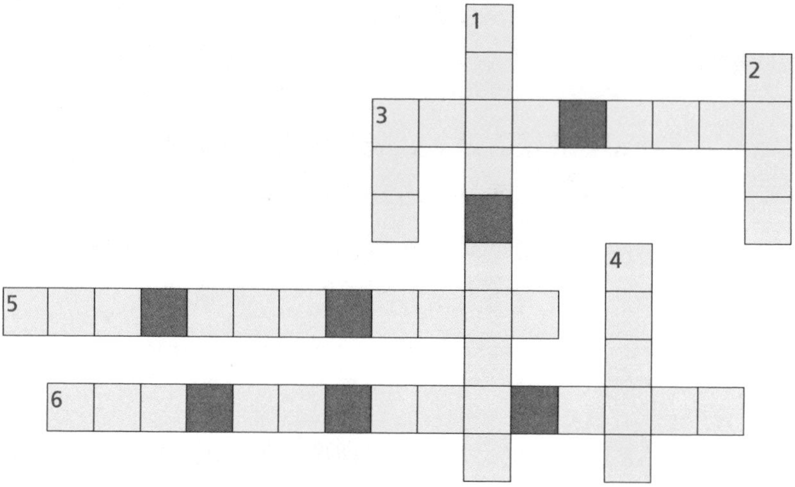

同樣的編號但不同的生字，
一個是往下寫有三個字母的生字，
一個是往右寫兩個生字，各有四個字母。

1 ↓ You have been a ____ _____ to this company.

2 ↓ This hasn't ____ an easy decision.

3 ↓ ____ is that?

3 → ____ ____ will you be departing?

4 ↓ Yes. That _____ be ideal.

5 → Wow! I wish you ____ ____ ____.

6 → Sorry this is a bit ____ __ ___ ____, but I'm handing in my notice.

第5步：聽寫測驗

學習重點

1. 透過測驗強化記憶程度，這就是認知科學家已證實的測驗效應，所以最後的聽寫測驗也是學英文不死記硬背的關鍵！
2. 聽著影片原音逐字逐句寫出完整內容，驗收學習成效。
3. 寫完後對下答案，評估一下學習成效，進步看得到！

經過前面每個步驟，在此你已經記得超過九成的內容，最後這個階段要來驗收你的學習成果，挑戰你是否能聽懂所有內容。

請將聽到的句子填入 ______ 內

A ____.

抱歉這有點突然，但我要來提辭呈。

B ____?

真的嗎？好，好的。為什麼呢？

A ____.

我已經決定要去旅遊一年。

40

B ______________________________.
哇！我希望你一切都順利。

B ______________________________?
你哪一天要離開呢？

A ______________________________.
三月八號，但我需要一個星期準備並拜訪朋友和家人。

B ______________________________?
當然。那你可以在公司留到二月的最後一天嗎？

A ______________________________.
可以。那會很理想。

A ______________________________.
我會想念在這裡工作的。

A ______________________________.
這一直都不是個簡單的決定。

B ______________________________.
我們也會想你的。

B ______________________________.
你對這間公司來說一直都是得力助手。

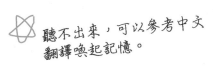

聽不出來，可以參考中文翻譯喚起記憶。

PART

3

跟客戶相處的應對進退

- 處理客訴問題的簡單對話
- 協助請假同事處理客戶事宜
- 替客戶安排訂單需求
- 與客戶討論合約相關事項

處理客訴問題的簡單對話

第1步：學習新課程

學習重點

1. 仔細聆聽影片原音，看自己能聽懂多少內容，如此反覆訓練「聽」懂英文，而不是只有「看」懂。
2. **查單字**是學英文過程中一個非常重要的技能，在課文中標記出不認識的單字，勤查字典，找出最合適的解釋，再結合完整影音情境學會最生活化的應用。
3. 學習過程中不會的生字查過要**做筆記**，記得搭配在《攻其不背：只要30天，馬上成為英文通》教過的筆記方式，把單字的含義與詞性等資訊寫在周邊空白處（margin），複習的時候才不會一眼就看到解答。
4. 特別注意**老師講解**中額外補充的重點字彙、片語、文法、文化差異以及母語人士常用的説法，學會以後在生活中很實用。
5. 有些長句比較複雜，即使生字都查過也不容易理解，這時候跟著**中文翻譯**分段消化吸收，更能正確理解英文句型架構。

英文課文

A Rachel's Online Marketplace, how can I help you today?

B I would like to file a complaint, please.

A What seems to be the problem?

B I ordered a product from your site four weeks ago, and I just received it.

A I'm sorry to hear that, sir.

B I have no use for it now.

B I needed it last month.

A My apologies, sir.

A Domestic delivery should take a maximum of 10 working days.

B Precisely. I would also like to ask for a refund.

A I understand.

A Please give me your account number, and I will process this for you.

發音Tips

要安撫怒氣沖沖的客戶，語氣平緩很重要。可以觀察客服人員說話的尾音，並試著模仿喔！

課文翻譯

A Rachel的線上市集，今天有什麼可以協助您的地方嗎？

B 我想要提出抱怨，麻煩了。

A 請問問題是什麼呢？

B 我四個禮拜前從你們的網站上下訂了一個商品，然後我剛剛才收到它。

A 很抱歉聽到那件事，先生。

B 我現在用不到它了。

B 我是上個月需要它的。

A 我很抱歉，先生。

A 國內運送應該最多會花十個工作天。

B 就是呀。我也想要要求退款。

A 我理解。

A 請給我您的帳戶號碼，我會為您處理這件事。

聽老師講解

1 How can I help you today?

今天有什麼可以協助您的地方嗎？

也可以說：

What can I do for you today?　今天能為您做什麼呢？
How may I assist you?　我可以怎麼協助您呢？
How may I help you?　我可以怎麼幫助您呢？

2 file a complaint　提出抱怨

例 My friend filed a complaint against her supervisor.
我的朋友提出針對她主管的抱怨。

3 What seems to be the problem?　請問問題是什麼呢？

也可以說：

What's the matter?　發生什麼事情了？
What's wrong?　怎麼了？
What happened?　發生什麼事情了？

4 I'm sorry to hear that.

我很抱歉聽到那件事。我很遺憾聽到那件事。

例 A：I didn't get the job.
A：我沒得到那份工作。
B：I'm sorry to hear that. Don't give up hope. I'm sure you will find something soon.
B：我很遺憾聽到那件事。別放棄希望。我確信你一定很快就會找到別的工作的。

5 have no use for something 用不到、用不著某物

例 A：Can I have your old DVD player?

A：我可以拿你的舊的DVD播放器嗎？

B：Sure. I have no use for it now.

B：當然。我現在用不到它了。

6 a maximum of 最多

例 The hotel will allow a maximum of three guests to stay in each room.

飯店允許每個房間最多有三個客人。

7 Precisely. 確實如此、就是說啊、就是呀

例 A：We need to order 20 more desks. Is that right?

A：我們需要再多訂二十張書桌。對嗎？

B：Precisely.

B：沒錯。

第2步：句子重組（複習一）

學習重點

1. 句子重組是為了訓練你**聽出關鍵字**的能力。若你能越快聽出關鍵字，就能越快抓住文意重點。
2. 多次訓練重組句子的速度，可幫助快速掌握英文語法結構。

42

經過前面「學習新課程」階段，相信你還記憶猶新，剛學過的課程印象還有五成以上，在第一次的複習中，請準備開啟英語耳，透過句子重組（unscramble）的訓練，讓你快速掌握英文語法結構。

請將答案選項填入 ______ 內

A ______ ______ ______

①today? ②Rachel's Online Marketplace, ③how can I help you

B ______ ______ ______

①please. ②file a complaint, ③I would like to

A ______ ______

①What seems to be ②the problem?

可先觀察哪個編號的第一個生字是大寫開頭，有時那可能就是第一個答案的編號。

B ______ ______ ______ ______

①four weeks ago, ②and I just received it. ③from your site
④I ordered a product

A ______ ______ ______

①to hear that, ②I'm sorry ③sir.

B ______ ______ ______

①I have no use ②now. ③for it

B ______ ______

①last month. ②I needed it

A ______ ______

①sir. ②My apologies,

A ______ ______ ______ ______

①a maximum of ②Domestic delivery ③10 working days.
④should take

B ______ ______ ______

①ask for a refund. ②Precisely. ③I would also like to

A ______

①I understand.

A ______ ______ ______ ______

①your account number, ②for you. ③and I will process this
④Please give me

第3步：聽到什麼寫什麼（複習二）

學習重點

1. 跟著影片逐字聽寫出課文內容，除了加強聽力，還可以訓練拼字的正確度。
2. 一般英語會話時能夠容忍的反應速度不超過三秒，多次重複聆聽後聽寫，能夠整合聽力和理解能力，聽過整句話就能馬上理解並反應。
3. 學習過程中不要死背單字拼法，聽到聲音利用自然發音的知識拼寫，多次練習後即可訓練正確拼字能力。

43

經過前面「句子重組」練習，你已經記得大約七成內容，在第二次的複習中，請準備建立英語腦，接下來的步驟要練習提示聽寫（dictation with hints），提高拼字的正確性。

請將聽到的句子填入 ______ 內

A ____?

today? Rachel's can Marketplace, how I help Online you

B ____.

like I complaint, would to please. file a

不要死背單字拼法，利用自然發音知識拼寫。

藉由觀察提示用生字後面是否有標點符號，可當成判定其是否為句尾最後一個字的參考點。

A ______________________________?

be problem? What to the seems

B ______________________________.

I site ordered weeks a four received product from ago, your and I just it.

A ______________________________.

that, I'm to sir. hear sorry

B ______________________________.

for I no it now. use have

B ______________________________.

needed I month. it last

A ______________________________.

My sir. apologies,

A ______________________________.

delivery working should maximum take a days. Domestic of 10

B ______________________________.

refund. would Precisely. I ask also to for a like

A ______________________________.

understand. I

A ______________________________.

and Please you. process me your I will this number, for give account

第4步：填空練習（複習三）

學習重點

1. 藉由填空練習，將學習聚焦到最容易遺忘的重要字彙片語，就像用螢光筆為課文畫重點，加深課程重點記憶。
2. 這個步驟會針對重要字彙、片語、文法概念練習，訓練你用完整的文句推測答案，而不是只能看空格字數猜答案。

經過前面「聽到什麼寫什麼」的訓練，你已經能記得八成內容，在第三次的複習中，你要做克漏字測驗（cloze test），再次強化聽力並提升口說能力。

請參照下面句子，並依照編號和箭頭的方向填入生字。

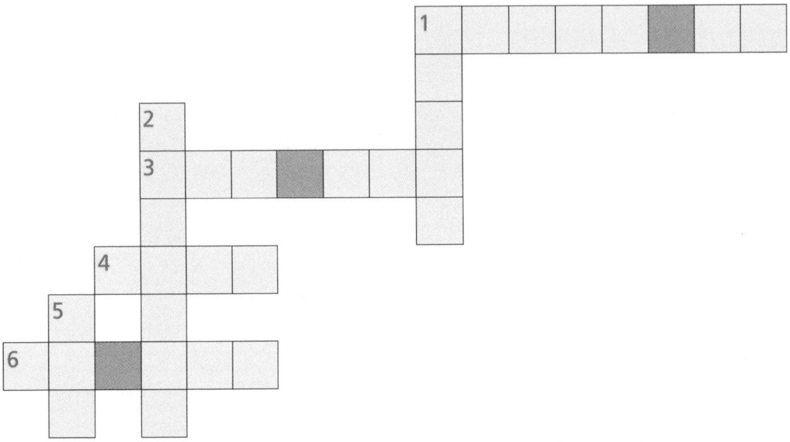
1
2
3
4
5
6

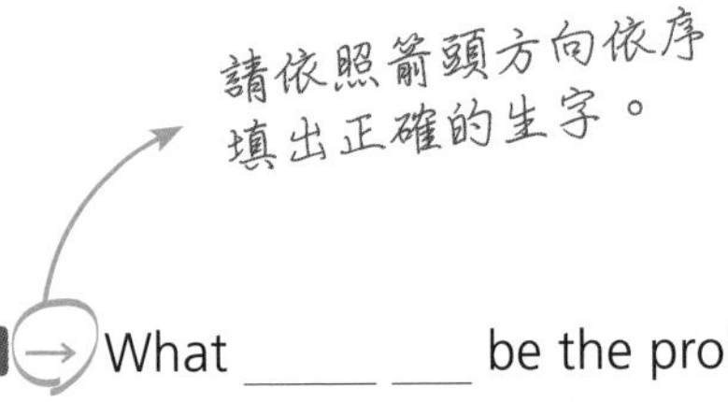
請依照箭頭方向依序
填出正確的生字。

1 → What _____ ___ be the problem?

1 ↓ I'm _____ to hear that, sir.

2 ↓ Domestic delivery should take a _______ of 10 working days.

3 → I would also like to ___ ___ a refund.

4 → I would like to ___ a complaint, please.

5 ↓ ___ can I help you today?

6 → I have ___ ____ for it now.

第5步：聽寫測驗

學習重點

1. 透過測驗強化記憶程度，這就是認知科學家已證實的測驗效應，所以最後的聽寫測驗也是學英文不死記硬背的關鍵！
2. 聽著影片原音逐字逐句寫出完整內容，驗收學習成效。
3. 寫完後對下答案，評估一下學習成效，進步看得到！

經過前面每個步驟，在此你已經記得超過九成的內容，最後這個階段要來驗收你的學習成果，挑戰你是否能聽懂所有內容。

請將聽到的句子填入 ______ 內

A ____?

Rachel 的線上市集，今天有什麼可以協助您的地方嗎？

B ____.

我想要提出抱怨，麻煩了。

A ____?

請問問題是什麼呢？

B ______________________________.

我四個禮拜前從你們的網站上下訂了一個商品，然後我剛剛才收到它。

A ______________________________.

很抱歉聽到那件事，先生。

B ______________________________.

我現在用不到它了。

B ______________________________.

我是上個月需要它的。

A ______________________________.

我很抱歉，先生。

A ______________________________.

國內運送應該最多會花十個工作天。

B ______________________________.

就是呀。我也想要要求退款。

A ______________________________.

我理解。

A ______________________________.

請給我您的帳戶號碼，我會為您處理這件事。

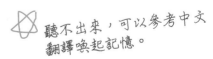

聽不出來，可以參考中文翻譯喚起記憶。

協助請假同事處理客戶事宜

第1步：學習新課程

學習重點

1. 仔細聆聽影片原音，看自己能聽懂多少內容，如此反覆訓練「聽」懂英文，而不是只有「看」懂。
2. **查單字**是學英文過程中一個非常重要的技能，在課文中標記出不認識的單字，勤查字典，找出最合適的解釋，再結合完整影音情境學會最生活化的應用。
3. 學習過程中不會的生字查過要**做筆記**，記得搭配在《攻其不背：只要30天，馬上成為英文通》教過的筆記方式，把單字的含義與詞性等資訊寫在周邊空白處（margin），複習的時候才不會一眼就看到解答。
4. 特別注意**老師講解**中額外補充的重點字彙、片語、文法、文化差異以及母語人士常用的說法，學會以後在生活中很實用。
5. 有些長句比較複雜，即使生字都查過也不容易理解，這時候跟著**中文翻譯**分段消化吸收，更能正確理解英文句型架構。

英文課文

A Good morning. Brennan Banking Corporation.

B Hi. I'd like to speak with Mr. Andrew Davies.

A I'm sorry, but Mr. Davies is on leave at the moment.

B When will he be back?

A Next Monday.

A If you give me your contact details, I'll have him get back to you then.

B Sure. The name is John Flatley, and my phone number is 07780706002.

A Great. Thank you, Mr. Flatley.

B Please let him know I'm traveling in the afternoon, so morning would be best.

A Understood. I will pass that on.

B Thank you very much. Goodbye.

發音Tips

唸電話號碼等長串數字的時候，中間務必要有停頓，以方便對方聽懂。

課文翻譯

A 早安。這裡是 Brennan 銀行公司。

B 嗨。我想跟 Andrew Davies 先生說話。

A 不好意思，但是 Davies 先生目前休假中。

B 他什麼時候會回來？

A 下週一。

A 如果您給我您的聯絡方式細節，我會請他到時候回覆您。

B 好。名字是 John Flatley，我的電話號碼是 07780706002。

A 太好了。謝謝您，Flatley 先生。

B 請讓他知道我下午會出門，所以早上的時間會是最好的。

A 了解。我會轉達好那件事。

B 非常感謝妳。再見。

聽老師講解

1 would like to do something 想要做某事

（可縮寫成 'd like to...）

例 If you're done talking, I'd like to get started.
如果你們聊完了，我想要開始上課了。

2 be on leave 休假中

例 After having a baby, Mrs. Smith was on leave for two months.
在生完小孩之後，Smith 太太休了兩個月假。

3 at the moment 此刻、目前

例 A：How's the weather in New York?
A：紐約的天氣怎麼樣？
B：It's raining at the moment, but it should be clear tonight.
B：現在在下雨，但今晚應該會放晴。

4 have someone do something 使、請某人做某事

例 Let's have the kids wash the dishes tonight.
我們今晚讓孩子們洗碗盤吧。

5 get back to someone 回覆某人

例 I asked her out on a date, but she never got back to me.
我找她出來約會，但她都沒有回覆我。

6 travel 行進、移動

例 He travels 45 minutes to work every day.
他每天去上班地點的時間要45分鐘。

7 Understood.　了解。

＝Got it.　明白了。

8 pass something on　把某件事情、某個消息傳下去

例 When you have the test results, please pass them on to the patient.
當你拿到檢測結果，請把它們傳給病患。

第2步：句子重組（複習一）

學習重點

1. 句子重組是為了訓練你**聽出關鍵字**的能力。若你能越快聽出關鍵字，就能越快抓住文意重點。
2. 多次訓練重組句子的速度，可幫助快速掌握英文語法結構。

經過前面「學習新課程」階段，相信你還記憶猶新，剛學過的課程印象還有五成以上，在第一次的複習中，請準備開啟英語耳，透過句子重組（unscramble）的訓練，讓你快速掌握英文語法結構。

請將答案選項填入 ______ 內

A ______ ______

①Good morning. ②Brennan Banking Corporation.

B ______ ______ ______

①Mr. Andrew Davies. ②I'd like to speak with ③Hi.

A ______ ______ ______ ______

①at the moment. ②I'm sorry, ③is on leave ④but Mr. Davies

B ______ ______

①be back? ②When will he

A ______

①Next Monday.

A ______ ______ ______ ______

①your contact details, ②If you give me ③I'll have him
④get back to you then.

B ______ ______ ______ ______

①07780706002. ②John Flatley, ③and my phone number is
④Sure. The name is

A ______ ______ ______

①Thank you, ②Mr. Flatley. ③Great.

B ______ ______ ______ ______ ______

①Please let him know ②would be best. ③I'm traveling
④so morning ⑤in the afternoon,

A ______ ______ ______

①pass that on. ②Understood. ③I will

B ______ ______ ______

①Thank you ②Goodbye. ③very much.

可先觀察哪個編號的第一個生字是大寫開頭，有時那可能就是第一個答案的編號。

第3步：聽到什麼寫什麼（複習二）

學習重點

1. 跟著影片逐字聽寫出課文內容，除了加強聽力，還可以訓練拼字的正確度。
2. 一般英語會話時能夠容忍的反應速度不超過三秒，多次重複聆聽後聽寫，能夠整合聽力和理解能力，聽過整句話就能馬上理解並反應。
3. 學習過程中不要死背單字拼法，聽到聲音利用自然發音的知識拼寫，多次練習後即可訓練正確拼字能力。

經過前面「句子重組」練習，你已經記得大約七成內容，在第二次的複習中，請準備建立英語腦，接下來的步驟要練習提示聽寫（dictation with hints），提高拼字的正確性。

請將聽到的句子填入 ______ 內

A ____.

Corporation. Good Brennan morning. Banking

B ____.

to Mr. speak Hi. like with Andrew Davies. I'd

後面跟著句點，代表
可能是這句的最後一個生字。

A ______________________________.

at I'm Mr. on sorry, but moment. Davies is leave the

B ______________________________?

will When he back? be

A ______________________________.

Monday. Next

A ______________________________.

If give I'll your details, back have contact him get you you then. me to

B ______________________________.

phone name Sure. The 07780706002. John Flatley, and my is number is

A ______________________________.

Great. you, Mr. Flatley. Thank

B ______________________________.

let afternoon, morning him know I'm best. traveling in would the so be Please

A ______________________________.

pass I will Understood. that on.

B ______________________________.

you Thank very Goodbye. much.

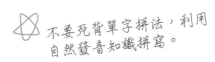

不要死背單字拼法，利用
自然發音知識拼寫。

第4步：填空練習（複習三）

學習重點

1. 藉由填空練習，將學習聚焦到最容易遺忘的重要字彙片語，就像用螢光筆為課文畫重點，加深課程重點記憶。
2. 這個步驟會針對重要字彙、片語、文法概念練習，訓練你用完整的文句推測答案，而不是只能看空格字數猜答案。

經過前面「聽到什麼寫什麼」的訓練，你已經能記得八成內容，在第三次的複習中，你要做克漏字測驗（cloze test），再次強化聽力並提升口說能力。

請依照箭頭方向
依序填出正確的生字。

請參照下面句子，並依照編號和箭頭的方向填入生字。

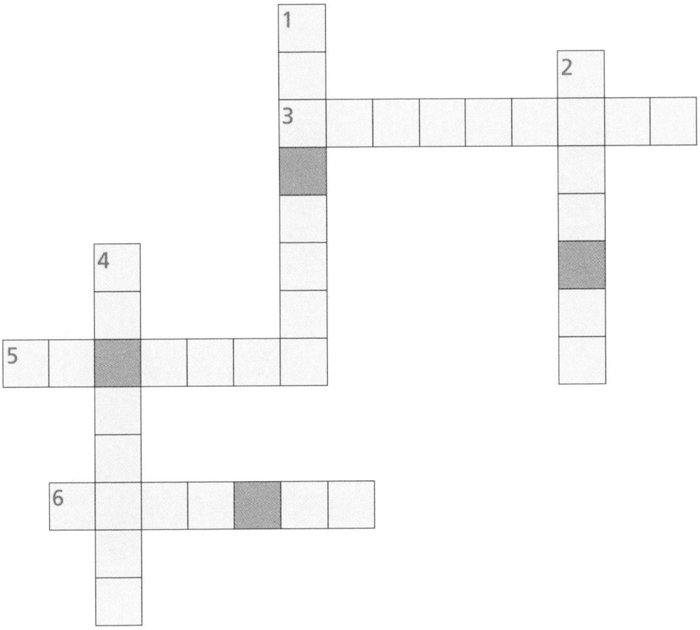

1 ↓ If you give me your contact details, I'll have him ___ _____ to you then.

2 ↓ I'd _____ ___ speak with Mr. Andrew Davies.

3 → Please let him know I'm ________ in the afternoon.

4 ↓ Mr. Davies is ___ _____ at the moment.

5 → When will he ___ _____?

6 → I will _____ that ___.

第5步：聽寫測驗

學習重點

1. 透過測驗強化記憶程度，這就是認知科學家已證實的測驗效應，所以最後的聽寫測驗也是學英文不死記硬背的關鍵！
2. 聽著影片原音逐字逐句寫出完整內容，驗收學習成效。
3. 寫完後對下答案，評估一下學習成效，進步看得到！

經過前面每個步驟，在此你已經記得超過九成的內容，最後這個階段要來驗收你的學習成果，挑戰你是否能聽懂所有內容。

請將聽到的句子填入 ______ 內

A ____.

早安。這裡是Brennan銀行公司。

B ____.

嗨。我想跟Andrew Davies先生說話。

A ____.

不好意思，但是Davies先生目前休假中。

B ____?

他什麼時候會回來？

A ____.

下週一。

A ____.

如果您給我您的聯絡方式細節，我會請他到時候回覆您。

B ____.

好。名字是John Flatley，我的電話號碼是07780706002。

A ____.

太好了。謝謝您，Flatley先生。

B ____.

請讓他知道我下午會出門，所以早上的時間會是最好的。

A ____.

了解。我會轉達好那件事。

B ____.

非常感謝妳。再見。

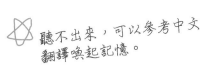

聽不出來，可以參考中文翻譯喚起記憶。

替客戶安排訂單需求

第1步：學習新課程

學習重點

1. 仔細聆聽影片原音，看自己能聽懂多少內容，如此反覆訓練「聽」懂英文，而不是只有「看」懂。
2. **查單字**是學英文過程中一個非常重要的技能，在課文中標記出不認識的單字，勤查字典，找出最合適的解釋，再結合完整影音情境學會最生活化的應用。
3. 學習過程中不會的生字查過要**做筆記**，記得搭配在《攻其不背：只要30天，馬上成為英文通》教過的筆記方式，把單字的含義與詞性等資訊寫在周邊空白處（margin），複習的時候才不會一眼就看到解答。
4. 特別注意**老師講解**中額外補充的重點字彙、片語、文法、文化差異以及母語人士常用的說法，學會以後在生活中很實用。
5. 有些長句比較複雜，即使生字都查過也不容易理解，這時候跟著**中文翻譯**分段消化吸收，更能正確理解英文句型架構。

英文課文

A Hi. I'd like to order some stationery with our company logo on it.

B Sure. What would you like?

A I need 250 pens and 200 folders.

B Actually, if you order 300 pens right now, you can get another 50 for free.

A Sure. Three hundred it is, then.

B Okay. Can I have your name and email address?

A Tim Larson, and my email's tim.larson@abc.com.

B Okay. I'll be sending you an order form soon. Please sign it and email it back to us.

B And I'll also need your logo in JPEG format.

B You should receive your order within two weeks.

A All right.

B Thanks. Have a great day!

發音Tips

訂購的時候，「數量」跟「品項」是最重要的資訊，務必要特別著重此兩元素的發音喔。

課文翻譯

A 嗨。我想要訂購一些上頭印有我們公司商標的文具。

B 沒問題。您想要什麼呢？

A 我需要250支筆和200個資料夾。

B 事實上，如果您現在訂購300支筆，您可以免費得到額外50支。

A 好的。那麼就300支吧。

B 好的。我能知道您的名字和電子郵件信箱嗎？

A Tim Larson，我的電子郵件信箱是tim.larson@abc.com。

B 好的。我會迅速寄給您一個訂購表格。請簽名並回寄給我們。

B 我也需要您JPEG格式的商標。

B 您應該在兩週內就能收到您訂的貨。

A 好的。

B 感謝。祝您有個美好的一天！

聽老師講解

1 What would you like? 你想要什麼？

比What do you want? 來得更有禮貌。

2 get something for free 免費得到……

例 You can get the second one for free if you spend more than 2,000 dollars.
如果你花超過台幣兩千元就可以免費獲得第二個產品。

3 名詞＋it is 放句尾 好喔。就這樣。

例 A：Let's go camping this Saturday.
A：星期六一起去露營吧。
B：Ok, Saturday it is.
B：好喔，就星期六。

4 Can I have your name? 您的大名是？

比What's your name? 來得更有禮貌。

5 in...format 以……的格式

例 You can only upload the files in PDF format.
你只能以PDF的格式上傳檔案。

6 within... 在……之內

within an hour 一個小時之內。
within 10 kilometers 十公里之內。

7 Have a great day! 祝你有個美好的一天

＝Have a good one!

第2步：句子重組（複習一）

學習重點

1. 句子重組是為了訓練你**聽出關鍵字**的能力。若你能越快聽出關鍵字，就能越快抓住文意重點。
2. 多次訓練重組句子的速度，可幫助快速掌握英文語法結構。

經過前面「學習新課程」階段，相信你還記憶猶新，剛學過的課程印象還有五成以上，在第一次的複習中，請準備開啟英語耳，透過句子重組（unscramble）的訓練，讓你快速掌握英文語法結構。

請將答案選項填入 ______ 內

A ______ ______ ______ ______

①with our company logo ②on it. ③some stationery
④Hi. I'd like to order

B ______ ______

①What would you like? ②Sure.

A ______ ______ ______

①and 200 folders. ②I need ③250 pens

B ________ ________ ________ ________ ________

①right now, ②if you order 300 pens ③for free.
④you can get another 50 ⑤Actually,

A ________ ________ ________ ________

①it is, ②Sure. ③then. ④Three hundred

B ________ ________ ________ ________

①and email address? ②your name ③Okay. ④Can I have

A ________ ________ ________

①tim.larson@abc.com. ②Tim Larson, ③and my email's

B ________ ________ ________ ________ ________ ________

①an order form soon. ②back to us. ③I'll be sending you
④Please sign it ⑤Okay. ⑥and email it

B ________ ________ ________

①need your logo ②And I'll also ③in JPEG format.

B ________ ________ ________

①You should ②within two weeks. ③receive your order

A ________

①All right.

B ________ ________

①Thanks. ②Have a great day!

可先觀察哪個編號的第一個生字是大寫開頭，有時那可能就是第一個答案的編號。

第3步：聽到什麼寫什麼（複習二）

學習重點

1. 跟著影片逐字聽寫出課文內容，除了加強聽力，還可以訓練拼字的正確度。
2. 一般英語會話時能夠容忍的反應速度不超過三秒，多次重複聆聽後聽寫，能夠整合聽力和理解能力，聽過整句話就能馬上理解並反應。
3. 學習過程中不要死背單字拼法，聽到聲音利用自然發音的知識拼寫，多次練習後即可訓練正確拼字能力。

經過前面「句子重組」練習，你已經記得大約七成內容，在第二次的複習中，請準備建立英語腦，接下來的步驟要練習提示聽寫（dictation with hints），提高拼字的正確性。

請將聽到的句子填入 ______ 內

A ____.

Hi. like on stationery logo to some with our it. I'd order company

B ______________________________?

you What Sure. would like?

A ______________________________.

I 250 200 folders. pens need and

B ______________________________.

if you get order 300 can pens free. another right Actually, now, you 50 for

A ______________________________.

Sure. it hundred is, then. Three

B ______________________________?

address? Can I email have Okay. and your name

A ______________________________.

and my Tim Larson, tim.larson@abc.com. email's

B ______________________________.

Okay. I'll soon. sign be email sending Please you an us. to order form it and it back

B ______________________________.

JPEG I'll need also your And in format. logo

B ______________________________.

should You receive weeks. your within order two

A ______________________________.

right. All

後面跟著句點，代表
可能是這句的最後一個生字。

53

B ____!

Have Thanks. day! a great

不要死背單字拼法，利用自然發音知識拼寫。

第4步：填空練習（複習三）

學習重點

1. 藉由填空練習，將學習聚焦到最容易遺忘的重要字彙片語，就像用螢光筆為課文畫重點，加深課程重點記憶。
2. 這個步驟會針對重要字彙、片語、文法概念練習，訓練你用完整的文句推測答案，而不是只能看空格字數猜答案。

經過前面「聽到什麼寫什麼」的訓練，你已經能記得八成內容，在第三次的複習中，你要做克漏字測驗（cloze test），再次強化聽力並提升口說能力。

54

請參照下面句子，並依照編號和箭頭的方向填入生字。

請依照箭頭方向依序填出正確的生字。

1 ↓ You should receive your order ______ two weeks.

2 ↓ You can get another 50 ___ _____.

3 ↓ Can I _____ your name and email address?

4 → I'd like to order some __________ with our company logo.

5 ↓ And I'll also need your logo ___ JPEG ________.

6 → I'll be ________ you an order form soon.

7 → What _____ you like?

8 → Three hundred ___ ___, then.

第5步：聽寫測驗

學習重點

1. 透過測驗強化記憶程度，這就是認知科學家已證實的測驗效應，所以最後的聽寫測驗也是學英文不死記硬背的關鍵！
2. 聽著影片原音逐字逐句寫出完整內容，驗收學習成效。
3. 寫完後對下答案，評估一下學習成效，進步看得到！

經過前面每個步驟，在此你已經記得超過九成的內容，最後這個階段要來驗收你的學習成果，挑戰你是否能聽懂所有內容。

請將聽到的句子填入 ______ 內

A ____.

嗨。我想要訂購一些上頭印有我們公司商標的文具。

B ____?

沒問題。您想要什麼呢？

A ____.

我需要250支筆和200個資料夾。

55

B ______________________________.

事實上，如果您現在訂購300支筆，您可以免費得到額外50支。

A ______________________________.

好的。那麼就300支吧。

B ______________________________?

好的。我能知道您的名字和電子郵件信箱嗎？

A ______________________________.

Tim Larson，我的電子郵件信箱是tim.larson@abc.com。

B ______________________________.

好的。我會迅速寄給您一個訂購表格。請簽名並回寄給我們。

B ______________________________.

我也需要您JPEG格式的商標。

B ______________________________.

您應該在兩週內就能收到您訂的貨。

A ______________________________.

好的。

B ______________________________!

感謝。祝您有個美好的一天！

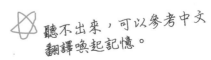

聽不出來，可以參考中文翻譯喚起記憶。

與客戶討論合約相關事項

第1步：學習新課程

學習重點

1. 仔細聆聽影片原音，看自己能聽懂多少內容，如此反覆訓練「聽」懂英文，而不是只有「看」懂。
2. **查單字**是學英文過程中一個非常重要的技能，在課文中標記出不認識的單字，勤查字典，找出最合適的解釋，再結合完整影音情境學會最生活化的應用。
3. 學習過程中不會的生字查過要**做筆記**，記得搭配在《攻其不背：只要30天，馬上成為英文通》教過的筆記方式，把單字的含義與詞性等資訊寫在周邊空白處（margin），複習的時候才不會一眼就看到解答。
4. 特別注意**老師講解**中額外補充的重點字彙、片語、文法、文化差異以及母語人士常用的說法，學會以後在生活中很實用。
5. 有些長句比較複雜，即使生字都查過也不容易理解，這時候跟著**中文翻譯**分段消化吸收，更能正確理解英文句型架構。

英文課文

A I have just a few questions about the contract.

B Go ahead.

A It mentions here that teachers are responsible for making their own handouts.

A So do the handouts belong to the teacher or the company?

B We respect the teachers' intellectual property, so it is the teachers'.

A Okay. And can they share handouts?

B Yes. We try not to interfere with that.

B And we will work with them to resolve any issues if something comes up.

A I understand. Thanks for clearing that up.

B No problem. Do you have any other concerns?

A Nope. Everything else looks great.

B Wonderful. Let's proceed with signing these contracts, then, shall we?

發音Tips

詞組、片語中間要避免停頓，才能避免對方理解錯誤。
像是 belong to、intellectual property、comes up 等。

課文翻譯

A 我只是有幾個關於合約的問題。

B 請說。

A 這裡提到教師們負責製作他們自己的講義。

A 所以那些講義歸屬於教師或是公司？

B 我們尊重教師們的智慧財產權，所以是教師們的。

A 好的。那他們可以共享講義嗎？

B 可以的。我們試著不干擾那做法（共享講義）。

B 而如果有事發生，我們也會與他們合作解決任何問題。

A 我了解了。感謝您解釋那方面的資訊。

B 沒問題。您還有任何其他疑慮嗎？

A 沒了。其他一切看起來都很棒。

B 太好了。那讓我們繼續簽署這些合約，好嗎？

聽老師講解

1 a few　幾個（指數量不多）

a few coins　幾個硬幣。
a few puppies　幾隻小狗。

2 Go ahead.　請說。請繼續。

常用於「給別人許可去做某事」。

例 A：Could I use your pen?
A：我能借你的筆用嗎？
B：Yeah, sure. Go ahead.
B：當然啊。請拿。

3 be responsible for　對……負責

例 I am responsible for my students.
我對我的學生負責。

4 belong to　屬於……

例 This book belongs to the school library.
這本書是學校圖書館的。

5 intellectual property　智慧財產權

6 interfere with　妨礙、干擾

例 My brother has attention problems. Any kind of noise can interfere with his concentration.
我弟弟有注意力問題。任何聲音都會干擾他的專注力。

7 come up　（在預期之外）發生

例 Sorry guys, I have to go. Something just came up at home.
抱歉各位，我必須先走了。家裡突然有事。

8 clear up　釐清、解釋

例 Please clear up the problem for us.
請為我們解釋這個問題。

9 proceed with　繼續進行

例 After the interruption, he proceeded with his presentation.
在被打斷之後，他繼續他的報告。

第2步：句子重組（複習一）

學習重點

1. 句子重組是為了訓練你**聽出關鍵字**的能力。若你能越快聽出關鍵字，就能越快抓住文意重點。
2. 多次訓練重組句子的速度，可幫助快速掌握英文語法結構。

經過前面「學習新課程」階段，相信你還記憶猶新，剛學過的課程印象還有五成以上，在第一次的複習中，請準備開啟英語耳，透過句子重組（unscramble）的訓練，讓你快速掌握英文語法結構。

請將答案選項填入 ______ 內

A ______ ______ ______

①a few questions ②about the contract. ③I have just

B ______

①Go ahead.

A ______ ______ ______

①It mentions here that
②making their own handouts.
③teachers are responsible for

可先觀察哪個編號的第一個生字是大寫開頭，有時那可能就是第一個答案的編號。

A _______ _______ _______

①belong to the teacher ②So do the handouts
③or the company?

B _______ _______ _______ _______

①the teachers'. ②the teachers' intellectual property,
③We respect ④so it is

A _______ _______ _______

①share handouts? ②And can they ③Okay.

57

B _______ _______ _______

①We try not to ②interfere with that. ③Yes.

B _______ _______ _______

①And we will work with them ②if something comes up.
③to resolve any issues

A _______ _______ _______

①clearing that up. ②I understand. ③Thanks for

B _______ _______ _______

①other concerns? ②Do you have any ③No problem.

A _______ _______ _______

①Everything else ②looks great. ③Nope.

B _______ _______ _______ _______

①shall we? ②Wonderful. ③signing these contracts, then,
④Let's proceed with

第3步：聽到什麼寫什麼（複習二）

學習重點

1. 跟著影片逐字聽寫出課文內容，除了加強聽力，還可以訓練拼字的正確度。
2. 一般英語會話時能夠容忍的反應速度不超過三秒，多次重複聆聽後聽寫，能夠整合聽力和理解能力，聽過整句話就能馬上理解並反應。
3. 學習過程中不要死背單字拼法，聽到聲音利用自然發音的知識拼寫，多次練習後即可訓練正確拼字能力。

經過前面「句子重組」練習，你已經記得大約七成內容，在第二次的複習中，請準備建立英語腦，接下來的步驟要練習提示聽寫（dictation with hints），提高拼字的正確性。

請將聽到的句子填入 ______ 內

A ______________________________.

I just the a about questions few contract. have

B ______________________________.

ahead. Go

A ____.

It their here mentions handouts. for that are responsible teachers making own

A ____?

So the company? handouts do to the teacher or the belong

B ____.

it property, We teachers'. the teachers' respect intellectual so is the

A ____?

share Okay. can handouts? And they

B ____.

not Yes. try that. to interfere We with

B ____.

we will work resolve up. with issues something them to any if And comes

A ____.

I up. Thanks clearing for that understand.

B ____?

concerns? problem. other Do you No have any

A ____.

looks Nope. else great. Everything

藉由觀察提示用生字後面是否有標點符號，可當成判定其是否為句尾最後一個字的參考點。

58

B ____?

contracts, Let's with Wonderful. shall signing these proceed then, we?

不要死背單字拼法，
利用自然發音知識拼寫。

第4步：填空練習（複習三）

學習重點

1. 藉由填空練習，將學習聚焦到最容易遺忘的重要字彙片語，就像用螢光筆為課文畫重點，加深課程重點記憶。
2. 這個步驟會針對重要字彙、片語、文法概念練習，訓練你用完整的文句推測答案，而不是只能看空格字數猜答案。

經過前面「聽到什麼寫什麼」的訓練，你已經能記得八成內容，在第三次的複習中，你要做克漏字測驗（cloze test），再次強化聽力並提升口說能力。

請參照下面句子，並依照編號和箭頭的方向填入生字。

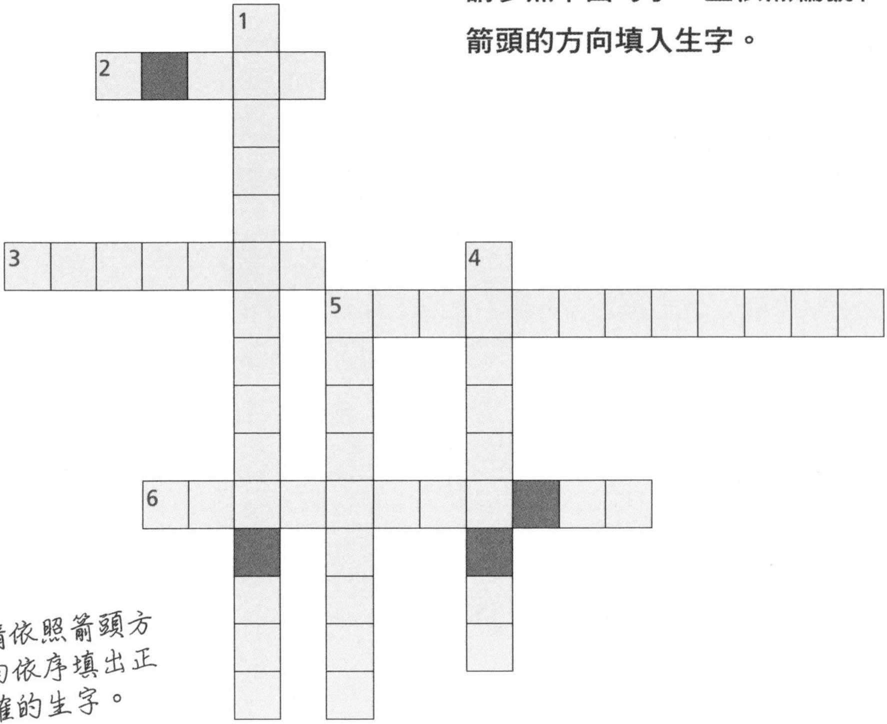

請依照箭頭方向依序填出正確的生字。

1 ↓ It mentions here that teachers are ________ ___ their handouts.

2 → I have just ___ ___ questions about the contract.

3 → Let's proceed with ______ these contracts, then, shall we?

4 ↓ So do the handouts _____ ___ the teacher or the company?

5 → We respect the teachers' ________ property, so it is the teachers'.

5 ↓ We try not to ________ with that.

6 → Thanks for ________ that ___ .

第5步：聽寫測驗

學習重點

1. 透過測驗強化記憶程度，這就是認知科學家已證實的測驗效應，所以最後的聽寫測驗也是學英文不死記硬背的關鍵！
2. 聽著影片原音逐字逐句寫出完整內容，驗收學習成效。
3. 寫完後對下答案，評估一下學習成效，進步看得到！

經過前面每個步驟，在此你已經記得超過九成的內容，最後這個階段要來驗收你的學習成果，挑戰你是否能聽懂所有內容。

請將聽到的句子填入 ______ 內

A ____.

我只是有幾個關於合約的問題。

B ____.

請說。

A ____.

這裡提到教師們負責製作他們自己的講義。

A ____?

所以那些講義歸屬於教師或是公司？

B ____.

我們尊重教師們的智慧財產權，所以是教師們的。

A ____?

好的。那他們可以共享講義嗎？

B ____.

可以的。我們試著不干擾那做法（共享講義）。

B ____.

而如果有事發生，我們也會與他們合作解決任何問題。

A ____.

我了解了。感謝您解釋那方面的資訊。

B ____?

沒問題。您還有任何其他疑慮嗎？

A ____.

沒了。其他一切看起來都很棒。

B ____?

太好了。那讓我們繼續簽署這些合約，好嗎？

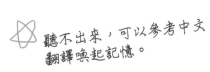

聽不出來，可以參考中文
翻譯喚起記憶。

PART

4

會議相關的基本對話

- 事前溝通以利會議順利進行
- 會議開始的相關句型
- 會議進行中的可能狀況
- 會議結束的社交用語

事前溝通以利會議順利進行

第1步：學習新課程

學習重點

1. 仔細聆聽影片原音，看自己能聽懂多少內容，如此反覆訓練「聽」懂英文，而不是只有「看」懂。
2. **查單字**是學英文過程中一個非常重要的技能，在課文中標記出不認識的單字，勤查字典，找出最合適的解釋，再結合完整影音情境學會最生活化的應用。
3. 學習過程中不會的生字查過要**做筆記**，記得搭配在《攻其不背：只要30天，馬上成為英文通》教過的筆記方式，把單字的含義與詞性等資訊寫在周邊空白處（margin），複習的時候才不會一眼就看到解答。
4. 特別注意**老師講解**中額外補充的重點字彙、片語、文法、文化差異以及母語人士常用的説法，學會以後在生活中很實用。
5. 有些長句比較複雜，即使生字都查過也不容易理解，這時候跟著**中文翻譯**分段消化吸收，更能正確理解英文句型架構。

英文課文

A Lottie, how's it going?

B Pretty good, thanks!

B I should have all my work finished in time for the weekend.

A Did you remember we have a department meeting this afternoon?

B Oh drat! No, I completely forgot.

A No worries. It's at 4 p.m., so you still have time to prepare.

B Thank goodness you reminded me.

B I would have been screwed!

A Don't worry. These things happen.

A I recommend you get a desk calendar, though.

B Yes. Good idea. I'll do that.

B I really am such a scatterbrain.

A No. Don't be so hard on yourself.

發音Tips

若是想挑戰自己，可以在沒有連音的地方用連音練習喔。

像是I would have been screwed! 其中的would have可以連成would've的音。

課文翻譯

A Lottie，一切都好嗎？

B 非常好，謝謝！

B 我應該能及時完成我所有的工作好趕上週末假期。

A 妳記得我們今天下午有一個部門會議嗎？

B 喔可惡！不，我完全忘記了。

A 別擔心。會議在下午四點，所以妳還有時間準備。

B 謝天謝地妳提醒了我。

B 不然我就搞砸了！

A 別擔心。這是常有的事。

A 不過我建議妳買一個桌面行事曆。

B 對。好主意。我會那樣做。

B 我真是一個健忘的人。

A 不。別太苛求妳自己了。

61

聽老師講解

1 How's it going? 一切都好嗎？

＝How are things?
＝How are you doing?

2 have something＋過去分詞 使某物被進行某個動作

例 I'll have the car fixed by this afternoon.
我會在今天下午前修好車子。

3 in time 及時

例 I arrived in time for the opening ceremony.
我及時抵達趕上了開幕典禮。

4 No worries. 別擔心

例 A：Sorry, I'm late.
A：抱歉，我遲到了。
B：No worries. We haven't started yet.
B：別擔心。我們還沒開始。

5 thank goodness 謝天謝地

例 Thank goodness you didn't get hurt!
謝天謝地你沒有受傷！

6 would have＋過去分詞 原本可能會發生，但結果沒有

例 Thanks for the directions, or I would have been lost.
謝謝你的指路，不然我就會迷路了。

7 These things happen. 這些事都會發生、這是常有的事。

＝It happens. 事情難免發生。
＝No big. 沒事。
＝No big deal. 不是什麼大事。

8 recommend someone do something　建議某人做某事

例 I recommend you reserve online. It's much easier.
我建議你在網路上預約。這會容易許多。

9 be hard on someone　苛求某人、對某人嚴厲

例 My parents used to be really hard on my brother, but eventually they got too tired to care.
我父母以前對我哥哥非常苛求，但最後他們懶得在意了。

第2步：句子重組（複習一）

學習重點

1. 句子重組是為了訓練你**聽出關鍵字**的能力。若你能越快聽出關鍵字，就能越快抓住文意重點。
2. 多次訓練重組句子的速度，可幫助快速掌握英文語法結構。

經過前面「學習新課程」階段，相信你還記憶猶新，剛學過的課程印象還有五成以上，在第一次的複習中，請準備開啟英語耳，透過句子重組（unscramble）的訓練，讓你快速掌握英文語法結構。

請將答案選項填入 ______ 內

A ______ ______ ______

①how's it ②Lottie, ③going?

B ______ ______

①Pretty good, ②thanks!

B ______ ______ ______ ______

①for the weekend. ②I should ③in time
④have all my work finished

可先觀察哪個編號的第一個生字是大寫開頭，有時那可能就是第一個答案的編號。

A ______ ______ ______ ______

①this afternoon? ②we have ③a department meeting
④Did you remember

B ______ ______ ______

①No, ②I completely forgot. ③Oh drat!

A ______ ______ ______ ______

①No worries. ②to prepare. ③It's at 4 p.m.,
④so you still have time

B ______ ______

①you reminded me. ②Thank goodness

B ______ ______ ______

①would have ②I ③been screwed!

A ______ ______ ______

①These things ②Don't worry. ③happen.

A ______ ______ ______

①get a desk calendar, ②though. ③I recommend you

B ______ ______ ______

①Yes. ②Good idea. ③I'll do that.

B ______ ______ ______

①I really am ②a scatterbrain. ③such

A ______ ______ ______

①so hard on yourself. ②No. ③Don't be

第3步：聽到什麼寫什麼（複習二）

學習重點

1. 跟著影片逐字聽寫出課文內容，除了加強聽力，還可以訓練拼字的正確度。
2. 一般英語會話時能夠容忍的反應速度不超過三秒，多次重複聆聽後聽寫，能夠整合聽力和理解能力，聽過整句話就能馬上理解並反應。
3. 學習過程中不要死背單字拼法，聽到聲音利用自然發音的知識拼寫，多次練習後即可訓練正確拼字能力。

經過前面「句子重組」練習，你已經記得大約七成內容，在第二次的複習中，請準備建立英語腦，接下來的步驟要練習提示聽寫（dictation with hints），提高拼字的正確性。

請將聽到的句子填入 ______ 內

A ____?

going? Lottie, it how's

B ____!

good, Pretty thanks!

B ____.

work I have all my in weekend. time for finished the should

A ____?

afternoon? Did department we you meeting remember have a this

B ____.

forgot. Oh No, drat! I completely

A ____.

No you It's time at 4 p.m., so prepare. still have to worries.

B ____.

goodness me. you Thank reminded

B ____!

would I have screwed! been

A ____.

things Don't These happen. worry.

A ____.

though. desk I you a calendar, recommend get

B ____.

Good Yes. do idea. I'll that.

B ____.

such I scatterbrain. really am a

後面跟著句點，代表
可能是這句的最後一個生字。

A ____.

yourself. No. be hard on Don't so

不要死背單字拼法，利用自然發音知識拼寫。

63

第4步：填空練習（複習三）

學習重點

1. 藉由填空練習，將學習聚焦到最容易遺忘的重要字彙片語，就像用螢光筆為課文畫重點，加深課程重點記憶。
2. 這個步驟會針對重要字彙、片語、文法概念練習，訓練你用完整的文句推測答案，而不是只能看空格字數猜答案。

經過前面「聽到什麼寫什麼」的訓練，你已經能記得八成內容，在第三次的複習中，你要做克漏字測驗（cloze test），再次強化聽力並提升口說能力。

請依照箭頭方向
依序填出正確的生字。

請參照下面句子，並依照編號和箭頭的方向填入生字。

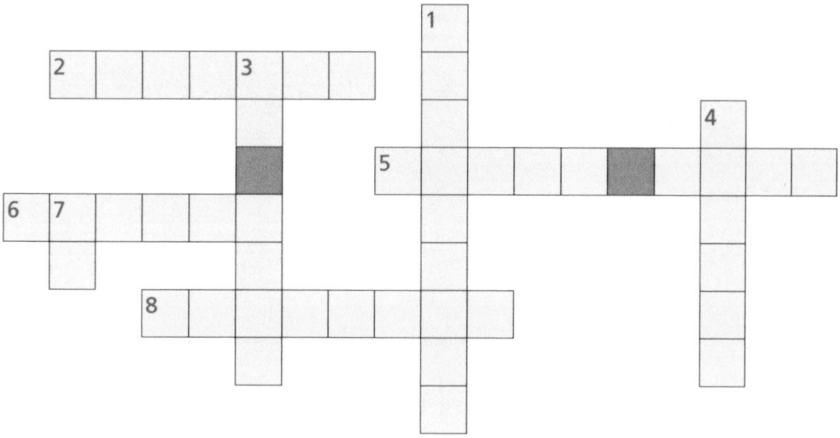

1 ↓ I ________ you get a desk calendar, though.

2 → No ________ . It's at 4 p.m., so you still have time to prepare.

3 ↓ I should have all my work finished ___ _____ for the weekend.

4 ↓ These things _______ .

5 → I _____ _____ been screwed!

6 → No, I completely _______ .

7 ↓ Don't be so hard ___ yourself.

8 → Did you ________ we have a department meeting this afternoon?

第5步：聽寫測驗

學習重點

1. 透過測驗強化記憶程度，這就是認知科學家已證實的測驗效應，所以最後的聽寫測驗也是學英文不死記硬背的關鍵！
2. 聽著影片原音逐字逐句寫出完整內容，驗收學習成效。
3. 寫完後對下答案，評估一下學習成效，進步看得到！

經過前面每個步驟，在此你已經記得超過九成的內容，最後這個階段要來驗收你的學習成果，挑戰你是否能聽懂所有內容。

請將聽到的句子填入 ______ 內

A ______________________________?

Lottie，一切都好嗎？

B ______________________________!

非常好，謝謝！

B ______________________________.

我應該能及時完成我所有的工作好趕上週末假期。

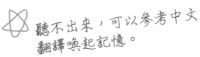

聽不出來，可以參考中文翻譯喚起記憶。

A ____?

妳記得我們今天下午有一個部門會議嗎？

B ____.

喔可惡！不，我完全忘記了。

A ____.

別擔心。會議在下午四點，所以妳還有時間準備。

B ____.

謝天謝地妳提醒了我。

B ____!

不然我就搞砸了！

A ____.

別擔心。這是常有的事。

A ____.

不過我建議妳買一個桌面行事曆。

B ____.

對。好主意。我會那樣做。

B ____.

我真是一個健忘的人。

A ____.

不。別太苛求妳自己了。

65

會議開始的相關句型

第1步：學習新課程

學習重點

1. 仔細聆聽影片原音，看自己能聽懂多少內容，如此反覆訓練「聽」懂英文，而不是只有「看」懂。
2. **查單字**是學英文過程中一個非常重要的技能，在課文中標記出不認識的單字，勤查字典，找出最合適的解釋，再結合完整影音情境學會最生活化的應用。
3. 學習過程中不會的生字查過要**做筆記**，記得搭配在《攻其不背：只要30天，馬上成為英文通》教過的筆記方式，把單字的含義與詞性等資訊寫在周邊空白處（margin），複習的時候才不會一眼就看到解答。
4. 特別注意**老師講解**中額外補充的重點字彙、片語、文法、文化差異以及母語人士常用的說法，學會以後在生活中很實用。
5. 有些長句比較複雜，即使生字都查過也不容易理解，這時候跟著**中文翻譯**分段消化吸收，更能正確理解英文句型架構。

英文課文

A Good morning, everyone.

B Good morning.

A Thank you all for being so punctual.

A If we're all here, let's get started.

C Actually, Bob isn't here yet.

C He's just messaged saying he's caught in traffic.

A I see. Unfortunately, we're gonna have to start without him.

C Okay. I will let him know.

A Thank you, Lottie.

A Does everyone have a copy of today's agenda?

B Yes.

A First, let's go over the report from last month's meeting.

A Lottie, do you have it?

C I do, indeed.

C Here you are.

A Thank you.

發音Tips

觀察原文換氣、停頓處，長句特別需要適當停頓。如：Let's go over the report（稍作停頓）from last month's meeting.

課文翻譯

A 早安，各位。

B 早安。

A 謝謝你們全都如此準時。

A 要是我們全都到了的話，就讓我們開始吧。

C 實際上，Bob 還沒到。

C 他剛才傳訊息說他被困在車陣中。

A 我知道了。很遺憾地，我們必須在沒有他的情況下開始。

C 好。我會讓他知道。

A 謝謝妳，Lottie。

A 每個人都有一份今天議程的影本嗎？

B 有。

A 首先，我們來看一次上個月會議的報告。

A Lottie，妳有（上個月的報告）嗎？

C 有的，當然。

C 在這裡。

A 謝謝妳。

聽老師講解

1 thank someone for something　因為某事謝謝某人

例 Please thank Stacey for inviting us to dinner.
幫我謝謝Stacey邀請我們共進晚餐。

2 get started　開始（做事）

例 I will not be there today, so please get started on the project without me.
我今天不會過去那裡，所以請在沒有我的狀況下開始那項企畫。

3 be caught in　被困住

例 They were caught in the rain coming back from lunch.
他們午餐回來的路上被困在雨中。

4 I see　我明白了、我理解了

＝I understand.　我了解了。
＝Oh, okay then.　喔，那沒問題。

5 gonna　將要

＝going to的縮寫

6 let someone do something　讓某人做某事

（注意：let後面搭配原形動詞）

例 Please let her see your notes from the meeting.
請讓她看一下你會議中的紀錄。

7 go over　察看、仔細檢查

例 I'd like to go over last night's homework with you.
我想跟你們一起看一下昨晚的功課。

8 indeed 當然

例 A：Bill, can you finish the report by later today?

A：Bill，你今天晚一點能完成這個報告嗎？

B：I can, indeed.

B：我可以，當然。

9 here you are 給你、在這裡

例 A：Can you give me today's newspaper?

A：你可以把今天的報紙給我嗎？

B：Sure. Here you are.

B：當然。在這裡。

第2步：句子重組（複習一）

學習重點

1. 句子重組是為了訓練你**聽出關鍵字**的能力。若你能越快聽出關鍵字，就能越快抓住文意重點。
2. 多次訓練重組句子的速度，可幫助快速掌握英文語法結構。

經過前面「學習新課程」階段，相信你還記憶猶新，剛學過的課程印象還有五成以上，在第一次的複習中，請準備開啟英語耳，透過句子重組（unscramble）的訓練，讓你快速掌握英文語法結構。

請將答案選項填入 ______ 內

A ______ ______

①everyone. ②Good morning,

B ______

①Good morning.

A ______ ______ ______

①so punctual. ②for being ③Thank you all

A ______ ______ ______

①get started. ②let's ③If we're all here,

C ________ ________ ________

①Actually, ②yet. ③Bob isn't here

C ________ ________ ________

①saying he's caught ②in traffic. ③He's just messaged

A ________ ________ ________ ________ ________ ________

①Unfortunately, ②I see. ③start ④have to ⑤we're gonna ⑥without him.

C ________ ________ ________

①let him know. ②Okay. ③I will

A ________ ________

①Lottie. ②Thank you,

A ________ ________ ________ ________

①a copy of ②have ③today's agenda? ④Does everyone

B ________

①Yes.

A ________ ________ ________ ________

①last month's meeting. ②the report from ③let's go over ④First,

A ________ ________ ________

①do you ②Lottie, ③have it?

C ________ ________

①I do, ②indeed.

C ________ ________ ________

①you ②Here ③are.

A ________

①Thank you.

可先觀察哪個編號的第一個生字是大寫開頭，有時那可能就是第一個答案的編號。

67

第3步：聽到什麼寫什麼（複習二）

學習重點

1. 跟著影片逐字聽寫出課文內容，除了加強聽力，還可以訓練拼字的正確度。
2. 一般英語會話時能夠容忍的反應速度不超過三秒，多次重複聆聽後聽寫，能夠整合聽力和理解能力，聽過整句話就能馬上理解並反應。
3. 學習過程中不要死背單字拼法，聽到聲音利用自然發音的知識拼寫，多次練習後即可訓練正確拼字能力。

經過前面「句子重組」練習，你已經記得大約七成內容，在第二次的複習中，請準備建立英語腦，接下來的步驟要練習提示聽寫（dictation with hints），提高拼字的正確性。

請將聽到的句子填入 ______ 內

A ______________________________.

Good everyone. morning,

B ______________________________.

morning. Good

不要死背單字拼法，利用自然發音知識拼寫。

A ______________________________________.

you for punctual. being Thank so all

A ______________________________________.

started. If get all let's we're here,

C ______________________________________.

yet. Bob here Actually, isn't

C ______________________________________.

he's traffic. just caught He's messaged in saying

A ______________________________________.

Unfortunately, to I have see. we're without gonna him. start

C ______________________________________.

him I will Okay. let know.

A ______________________________________.

Thank Lottie. you,

A ______________________________________?

agenda? Does today's have a of everyone copy

B ______________________________________.

Yes.

A ______________________________________.

the report First, go last over from meeting. let's month's

A ______________________________________?

have Lottie, you it? do

C ____.

I indeed. do,

C ____.

you Here are.

A ____.

you. Thank

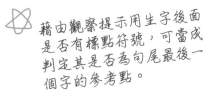

藉由觀察提示用生字後面是否有標點符號，可當成判定其是否為句尾最後一個字的參考點。

第4步：填空練習（複習三）

學習重點

1. 藉由填空練習，將學習聚焦到最容易遺忘的重要字彙片語，就像用螢光筆為課文畫重點，加深課程重點記憶。
2. 這個步驟會針對重要字彙、片語、文法概念練習，訓練你用完整的文句推測答案，而不是只能看空格字數猜答案。

經過前面「聽到什麼寫什麼」的訓練，你已經能記得八成內容，在第三次的複習中，你要做克漏字測驗（cloze test），再次強化聽力並提升口說能力。

請參照下面句子，並依照編號和箭頭的方向填入生字。

1
2
3
4
5
6
7
請依照箭頭方向依序填出正確的生字。

1 ↓ Does everyone have ___ ______ ___ today's agenda?

2 ↓ If we're all here, let's ___ ________ .

3 → Thank you all for ______ so punctual.

4 ↓ First, let's ___ _____ the report from last month's meeting.

5 ↓ He's just messaged saying he's _______ in traffic.

6 → I will let him _____ .

7 → ____________, we are gonna have to start without him.

第 5 步：聽寫測驗

學習重點

1. 透過測驗強化記憶程度，這就是認知科學家已證實的測驗效應，所以最後的聽寫測驗也是學英文不死記硬背的關鍵！
2. 聽著影片原音逐字逐句寫出完整內容，驗收學習成效。
3. 寫完後對下答案，評估一下學習成效，進步看得到！

經過前面每個步驟，在此你已經記得超過九成的內容，最後這個階段要來驗收你的學習成果，挑戰你是否能聽懂所有內容。

請將聽到的句子填入 ______ 內

A ________________________________.

早安，各位。

B ________________________________.

早安。

A ________________________________.

謝謝你們全都如此準時。

70

A ______________________________.

要是我們全都到了的話，就讓我們開始吧。

C ______________________________.

實際上，Bob還沒到。

C ______________________________.

他剛才傳訊息說他被困在車陣中。

A ______________________________.

我知道了。很遺憾地，我們必須在沒有他的情況下開始。

C ______________________________.

好。我會讓他知道。

A ______________________________.

謝謝妳，Lottie。

A ______________________________?

每個人都有一份今天議程的影本嗎？

B ______________________________.

有。

A ______________________________.

首先，我們來看一次上個月會議的報告。

A ______________________________?

Lottie，妳有（上個月的報告）嗎？

C ____.

有的，當然。

C ____.

在這裡。

A ____.

謝謝妳。

聽不出來，可以參考中文翻譯喚起記憶。

70

會議進行中的可能狀況

第1步：學習新課程

學習重點

1. 仔細聆聽影片原音，看自己能聽懂多少內容，如此反覆訓練「聽」懂英文，而不是只有「看」懂。
2. **查單字**是學英文過程中一個非常重要的技能，在課文中標記出不認識的單字，勤查字典，找出最合適的解釋，再結合完整影音情境學會最生活化的應用。
3. 學習過程中不會的生字查過要**做筆記**，記得搭配在《攻其不背：只要30天，馬上成為英文通》教過的筆記方式，把單字的含義與詞性等資訊寫在周邊空白處（margin），複習的時候才不會一眼就看到解答。
4. 特別注意**老師講解**中額外補充的重點字彙、片語、文法、文化差異以及母語人士常用的說法，學會以後在生活中很實用。
5. 有些長句比較複雜，即使生字都查過也不容易理解，這時候跟著**中文翻譯**分段消化吸收，更能正確理解英文句型架構。

英文課文

A Lottie, can you tell me how your project is coming along?

B Yes. I drew up a draft contract for the client to assess.

A What did they think?

B They want to go ahead with the deal.

A Excellent news!

B However, they say they will have to postpone signing the contract.

A Right. Why the delay?

B Their CEO is leaving next month.

A Oh, right.

B They want to wait until the new CEO has settled in.

A Of course. He or she will need to be fully on board.

B I'll meet with them again in one month's time.

B We'll hopefully seal the deal then.

發音Tips

在會議上報告時，務必要把重點講清楚。如：I **drew up a draft contract** for the client to assess.（重點處可以稍慢速。）

However, they say they will have to **postpone** signing the contract.（重點單字務必咬字清楚。）

課文翻譯

A Lottie，妳可以告訴我妳的企畫進展如何嗎？

B 可以。我起草了一份合約草案讓客戶去評估。

A 他們覺得如何？

B 他們想要繼續進行那門交易。

A 真是個好消息！

B 不過，他們說他們將必須要延後簽約。

A 好。為什麼延後？

B 他們的執行長下個月要離開。

A 喔，好。

B 他們想要先等到新任執行長適應環境。

A 當然。他或她將必須完全就任。

B 我會在一個月後跟他們再次會面。

B 希望我們到時候能正式談成生意。

71

聽老師講解

1 come along 進展、進步

例 The project is coming along.
這個企畫有在進展。

2 draw up 起草

例 The landlord drew up the new housing contract.
房東起草了新房屋合約。

3 go ahead 繼續進行

例 She will go ahead with planning the party.
她會繼續籌畫這個派對。

4 postpone doing something 延後做某事

例 They have to postpone going to Rome for their honeymoon.
他們必須延後去羅馬度蜜月。

5 Why the delay? 為什麼延後？

例 A：Your flight is delayed for one hour.
A：你的飛機會延後一小時。
B：Why the delay?
B：為什麼延後？

6 settle in 適應環境

例 The transfer student settled in well.
這名轉學生適應環境的狀況良好。

7 on board 就任、就位、參與

例 The deal cannot be finished until everyone is on board.
直到每個人都投入參與之前，交易是不可能完成的。

8 seal the deal 正式談成生意

= close the deal

例 We plan to seal the deal by the end of the week.
我們計畫在這週結束之前正式談成生意。

第2步：句子重組（複習一）

72

學習重點

1. 句子重組是為了訓練你**聽出關鍵字**的能力。若你能越快聽出關鍵字，就能越快抓住文意重點。
2. 多次訓練重組句子的速度，可幫助快速掌握英文語法結構。

經過前面「學習新課程」階段，相信你還記憶猶新，剛學過的課程印象還有五成以上，在第一次的複習中，請準備開啟英語耳，透過句子重組（unscramble）的訓練，讓你快速掌握英文語法結構。

請將答案選項填入 ______ 內

A ______ ______ ______ ______ ______

①can you ②how your project ③tell me ④is coming along? ⑤Lottie,

B ______ ______ ______ ______ ______

①for the client ②Yes. ③to assess. ④a draft contract ⑤I drew up

A ______ ______ ______

①think? ②did they ③What

B ______ ______ ______ ______

①want to ②go ahead ③with the deal. ④They

A ______ ______

①Excellent ②news!

B ______ ______ ______ ______

①have to postpone ②However, they say
③signing the contract. ④they will

A ______ ______

①Why the delay? ②Right.

B ______ ______ ______

①is leaving ②Their CEO ③next month.

A ______

①Oh, right.

B ______ ______ ______

①until the new CEO ②has settled in. ③They want to wait

可先觀察哪個編號的第一個生字是大寫開頭，有時那可能就是第一個答案的編號。

A ______ ______ ______ ______

①fully on board. ②He or she ③will need to be ④Of course.

B ______ ______ ______

①I'll meet with them ②in one month's time. ③again

B ______ ______ ______

①seal the deal ②We'll hopefully ③then.

第3步：聽到什麼寫什麼（複習二）

學習重點

1. 跟著影片逐字聽寫出課文內容，除了加強聽力，還可以訓練拼字的正確度。
2. 一般英語會話時能夠容忍的反應速度不超過三秒，多次重複聆聽後聽寫，能夠整合聽力和理解能力，聽過整句話就能馬上理解並反應。
3. 學習過程中不要死背單字拼法，聽到聲音利用自然發音的知識拼寫，多次練習後即可訓練正確拼字能力。

經過前面「句子重組」練習，你已經記得大約七成內容，在第二次的複習中，請準備建立英語腦，接下來的步驟要練習提示聽寫（dictation with hints），提高拼字的正確性。

請將聽到的句子填入 ______ 內

A ____?

is can me along? how tell your coming Lottie, you project

B ____.

client I drew assess. up a for draft Yes. contract the to

A ____?

they What think? did

B ____.

ahead They to want the go with deal.

A ____!

news! Excellent

B ____.

signing say will have they postpone to However, the they contract.

A ____?

delay? Why Right. the

B ____.

leaving CEO month. is Their next

A ____.

right. Oh,

B ____.

has CEO wait They want until to the new settled in.

A ____.

Of board. she be will He or need course. fully to on

B ____.

time. again meet month's with them in I'll one

不要死背單字拼法，
利用自然發音知識拼寫。

B ____.

deal hopefully We'll the then. seal

後面跟著句點，代表
可能是這句的最後一個生字。

73

第4步：填空練習（複習三）

學習重點

1. 藉由填空練習，將學習聚焦到最容易遺忘的重要字彙片語，就像用螢光筆為課文畫重點，加深課程重點記憶。
2. 這個步驟會針對重要字彙、片語、文法概念練習，訓練你用完整的文句推測答案，而不是只能看空格字數猜答案。

經過前面「聽到什麼寫什麼」的訓練，你已經能記得八成內容，在第三次的複習中，你要做克漏字測驗（cloze test），再次強化聽力並提升口說能力。

請依照箭頭方向
依序填出正確的生字。

請參照下面句子，並依照編號和箭頭的方向填入生字。

1 ↓ He or she will need to be fully ___ _____.

2 → I _____ ___ a draft contract for the client to assess.

2 ↓ Why the _____?

3 → However, they say they will have to _______ signing the contract.

4 ↓ They want to wait until the new CEO has _______ ___ .

5 → Lottie, can you tell me how your project is coming _____ ?

6 ↓ We'll hopefully _____ the deal then.

7 → They want to ___ _____ with the deal.

74

第5步：聽寫測驗

學習重點

1. 透過測驗強化記憶程度，這就是認知科學家已證實的測驗效應，所以最後的聽寫測驗也是學英文不死記硬背的關鍵！
2. 聽著影片原音逐字逐句寫出完整內容，驗收學習成效。
3. 寫完後對下答案，評估一下學習成效，進步看得到！

經過前面每個步驟，在此你已經記得超過九成的內容，最後這個階段要來驗收你的學習成果，挑戰你是否能聽懂所有內容。

請將聽到的句子填入 ______ 內

A ____?

Lottie，妳可以告訴我妳的企畫進展如何嗎？

B ____.

可以。我起草了一份合約草案讓客戶去評估。

A ____?

他們覺得如何？

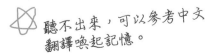

聽不出來，可以參考中文翻譯喚起記憶。

B ____.

他們想要繼續進行那門交易。

A ____!

真是個好消息！

B ____.

不過，他們說他們將必須要延後簽約。

A ____?

好。為什麼延後？

B ____.

他們的執行長下個月要離開。

A ____.

喔，好。

B ____.

他們想要先等到新任執行長適應環境。

A ____.

當然。他或她將必須完全就任。

B ____.

我會在一個月後跟他們再次會面。

B ____.

希望我們到時候能正式談成生意。

會議結束的社交用語

第1步：學習新課程

學習重點

1. 仔細聆聽影片原音，看自己能聽懂多少內容，如此反覆訓練「聽」懂英文，而不是只有「看」懂。
2. **查單字**是學英文過程中一個非常重要的技能，在課文中標記出不認識的單字，勤查字典，找出最合適的解釋，再結合完整影音情境學會最生活化的應用。
3. 學習過程中不會的生字查過要**做筆記**，記得搭配在《攻其不背：只要30天，馬上成為英文通》教過的筆記方式，把單字的含義與詞性等資訊寫在周邊空白處（margin），複習的時候才不會一眼就看到解答。
4. 特別注意**老師講解**中額外補充的重點字彙、片語、文法、文化差異以及母語人士常用的說法，學會以後在生活中很實用。
5. 有些長句比較複雜，即使生字都查過也不容易理解，這時候跟著**中文翻譯**分段消化吸收，更能正確理解英文句型架構。

英文課文

A Before we close, could you summarize the main points we covered today, Lottie?

B First, we need to improve our PR strategy by actively reaching out to media outlets.

A Yes. Let's start planning for that this week.

B Second, we plan to launch our customer loyalty program on July 1.

A The wheels are in motion for that.

A We are on track for July 1.

B Finally, our meeting with the new CEO of Victor Software is set for July 15.

A Excellent. Meeting adjourned.

A Good progress today, folks.

發音Tips

長句停頓，一定要停在意思完整的地方，不能斷在片語中間，會干擾理解。如：

▷ First, | we need to improve | our PR strategy | by actively reaching out to media outlets.

▷ Finally | our meeting | with the new CEO of Victor Software | is set for July 15.

課文翻譯

A 在我們結束之前，妳可以總結我們今天提過的要點嗎，Lottie？

B 首先，我們需要藉由積極打入媒體管道來改善我們的公關策略。

A 沒錯。我們這週就開始規畫那件事吧。

B 第二，我們打算在七月一日推出我們的顧客忠誠計畫。

A 那件事已經在進行了。

A 我們有跟上七月一日上市的進度。

B 最後，我們與Victor Software新任執行長的會議訂在七月十五日。

A 太棒了。散會。

A 今天的進度很棒，各位夥伴。

76

聽老師講解

1 close 關上、結束

例 The lawyer said her final argument to close the case.
這名律師提出她最後的論點以結案。

2 cover 提過、提到

例 The professor covered a new topic today in class.
教授在今天課堂上提到一個新主題。

3 reach out to 接觸某些人、打入某些人之中

例 Let's reach out to her sales company.
讓我們打入她的銷售公司。

4 media outlet 媒體管道

5 start doing something 開始做某事

例 I will start planning for my wedding this week.
我這週會開始計畫我的婚禮。

6 launch 推出

launch a product 推出一項產品
launch a program 推出一項計畫

例 Apple launches a new iPhone every September.
蘋果每年九月都會推出一款新的 iPhone。

7 the wheels are in motion 某件事已經在進行

例 The wheels are in motion for our new app. It'll be finished by early August this year.
我們的新手機應用程式已經在進行了。今年八月初之前會完成。

8 on track 在正軌上、跟上……進度

例 The team is on track for completing the project next week.
這個團隊有跟上在下週完成這項企畫的進度。

9 Meeting adjourned. 散會

第2步：句子重組（複習一）

學習重點

1. 句子重組是為了訓練你**聽出關鍵字**的能力。若你能越快聽出關鍵字，就能越快抓住文意重點。
2. 多次訓練重組句子的速度，可幫助快速掌握英文語法結構。

經過前面「學習新課程」階段，相信你還記憶猶新，剛學過的課程印象還有五成以上，在第一次的複習中，請準備開啟英語耳，透過句子重組（unscramble）的訓練，讓你快速掌握英文語法結構。

請將答案選項填入 ______ 內

A ______ ______ ______ ______ ______

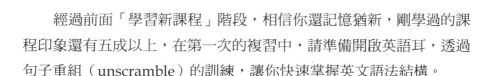

①summarize the main points ②we covered today,
③could you ④Before we close, ⑤Lottie?

B ______ ______ ______ ______ ______

①media outlets. ②improve our PR strategy
③by actively reaching out to ④we need to ⑤First,

A ______ ______ ______ ______

①this week. ②Let's start ③Yes. ④planning for that

B ______ ______ ______ ______ ______

①we plan to ②Second, ③on July 1. ④launch
⑤our customer loyalty program

A ______ ______ ______

①in motion ②The wheels are ③for that.

A ______ ______ ______

①We are ②for July 1. ③on track

B ______ ______ ______ ______ ______ ______

①Finally, ②for July 15. ③our meeting ④with the new CEO
⑤of Victor Software ⑥is set

A ______ ______

①Meeting adjourned. ②Excellent.

A ______ ______ ______

①today, ②folks. ③Good progress

可先觀察哪個編號的第一個生字是大寫開頭，有時那可能就是第一個答案的編號。

第3步：聽到什麼寫什麼（複習二）

學習重點

1. 跟著影片逐字聽寫出課文內容，除了加強聽力，還可以訓練拼字的正確度。
2. 一般英語會話時能夠容忍的反應速度不超過三秒，多次重複聆聽後聽寫，能夠整合聽力和理解能力，聽過整句話就能馬上理解並反應。
3. 學習過程中不要死背單字拼法，聽到聲音利用自然發音的知識拼寫，多次練習後即可訓練正確拼字能力。

經過前面「句子重組」練習，你已經記得大約七成內容，在第二次的複習中，請準備建立英語腦，接下來的步驟要練習提示聽寫（dictation with hints），提高拼字的正確性。

請將聽到的句子填入 ______ 內

A ______________________________?

points we Before main close, could today, you the we covered Lottie? summarize

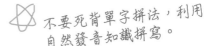

不要死背單字拼法，利用自然發音知識拼寫。

B ____.

First, we by to reaching improve our strategy actively out to media outlets. PR need

A ____.

week. Yes. start for this Let's planning that

B ____.

our program we customer July 1. plan Second, to loyalty on launch

A ____.

motion The for are in that. wheels

A ____.

track We for on July 1. are

B ____.

set Victor our with the July 15. new Finally, CEO of Software is meeting for

A ____.

Meeting Excellent. adjourned.

A ____.

Good today, folks. progress

後面跟著句點，代表
可能是這句的最後一個生字。

第4步：填空練習（複習三）

學習重點

1. 藉由填空練習，將學習聚焦到最容易遺忘的重要字彙片語，就像用螢光筆為課文畫重點，加深課程重點記憶。
2. 這個步驟會針對重要字彙、片語、文法概念練習，訓練你用完整的文句推測答案，而不是只能看空格字數猜答案。

經過前面「聽到什麼寫什麼」的訓練，你已經能記得八成內容，在第三次的複習中，你要做克漏字測驗（cloze test），再次強化聽力並提升口說能力。

請參照下面句子，並依照編號和箭頭的方向填入生字。

請依照箭頭方向
依序填出正確的生字。

1 → First, we need to improve our PR strategy by actively ________ ___ to media outlets.

2 ↓ Meeting ________ . Good progress today, folks.

3 ↓ Could you ________ the main points we covered today, Lottie?

4 ↓ We are ___ ______ for July 1.

5 → The wheels are ___ ______ for that.

6 → Let's start ________ for that this week.

7 → Second, we plan to ______ our customer loyalty program on July 1.

第5步：聽寫測驗

學習重點

1. 透過測驗強化記憶程度，這就是認知科學家已證實的測驗效應，所以最後的聽寫測驗也是學英文不死記硬背的關鍵！
2. 聽著影片原音逐字逐句寫出完整內容，驗收學習成效。
3. 寫完後對下答案，評估一下學習成效，進步看得到！

經過前面每個步驟，在此你已經記得超過九成的內容，最後這個階段要來驗收你的學習成果，挑戰你是否能聽懂所有內容。

請將聽到的句子填入 ______ 內

A ______________________________?

在我們結束之前，妳可以總結我們今天提過的要點嗎，Lottie？

B ______________________________.

首先，我們需要藉由積極打入媒體管道來改善我們的公關策略。

A ______________________________.

沒錯。我們這週就開始規畫那件事吧。

80

B ____.

第二，我們打算在七月一日推出我們的顧客忠誠計畫。

A ____.

那件事已經在進行了。

A ____.

我們有跟上七月一日上市的進度。

B ____.

最後，我們與Victor Software新任執行長的會議訂在七月十五日。

A ____.

太棒了。散會。

A ____.

今天的進度很棒，各位夥伴。

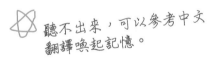

聽不出來，可以參考中文翻譯喚起記憶。

PART

5

跟領導管理相關的對話應用

- 跟催部屬工作進度
- 讚美並拔擢部屬的工作職務
- 要求同事協助加班的對話應用
- 要求表現不良部屬離職的基本對話

跟催部屬工作進度

第1步：學習新課程

學習重點

1. 仔細聆聽影片原音，看自己能聽懂多少內容，如此反覆訓練「聽」懂英文，而不是只有「看」懂。
2. **查單字**是學英文過程中一個非常重要的技能，在課文中標記出不認識的單字，勤查字典，找出最合適的解釋，再結合完整影音情境學會最生活化的應用。
3. 學習過程中不會的生字查過要**做筆記**，記得搭配在《攻其不背：只要30天，馬上成為英文通》教過的筆記方式，把單字的含義與詞性等資訊寫在周邊空白處（margin），複習的時候才不會一眼就看到解答。
4. 特別注意**老師講解**中額外補充的重點字彙、片語、文法、文化差異以及母語人士常用的說法，學會以後在生活中很實用。
5. 有些長句比較複雜，即使生字都查過也不容易理解，這時候跟著**中文翻譯**分段消化吸收，更能正確理解英文句型架構。

英文課文

A Lottie, can I have a word?

B Sure. Is something wrong?

A I still don't seem to have received your monthly report.

B I'm sorry. I've just been so busy with my other tasks.

A I know you've had a lot going on, but the deadline was over a week ago.

B Yes, I know...

A You really need to improve your time management skills.

B All right. This won't happen again.

A I'd like for you to send me your report by the end of today.

B Understood. I'll start working on it right away.

A Thank you. I look forward to reading it.

發音Tips

I've、You've、I'd 這類連音，後面的音通常較難聽出，因此發音時務必特別注意咬字。

課文翻譯

A Lottie，我可以跟妳說幾句話嗎？

B 當然。有什麼問題嗎？

A 我好像還是沒有收到妳的月報。

B 我很抱歉。我只是太忙於我的其他工作了。

A 我知道妳有很多事情要忙，但截止日是超過一個禮拜前的事了。

B 是，我知道⋯⋯

A 妳真的需要改善妳的時間管理技巧。

B 好。這不會再發生了。

A 我想要妳在今天結束之前將妳的報告寄給我。

B 了解。我會立刻開始做這份報告。

A 謝謝。我很期待讀到它。

聽老師講解

1 have a word 說幾句話

例 I'll have a word with him after the meeting.
會後我會跟他說幾句話。

2 Is something wrong? 有什麼問題嗎？

例 A：Is something wrong?
A：有什麼問題嗎？
B：No. Everything is fine. Thank you for asking.
B：沒有。一切都很好。謝謝你詢問。

3 seem to have＋過去分詞 某事似乎已經發生

例 I seem to have forgotten my keys.
我好像忘了我的鑰匙。

4 be busy with something 忙於某事

例 He is busy with his thesis.
他正忙於他的論文。

5 have a lot going on 有很多事要忙

例 A：Hey, are you okay?
A：嘿，你還好嗎？
B：Yeah, I'm okay. I just have a lot going on this week.
B：嗯，我還好。我只是這週有很多事要忙。

6 This won't happen again. 這不會再發生了。

例 A：You've been late for work three times this week.
A：你這週已經上班遲到三次了。
B：I'm sorry. This won't happen again.
B：我很抱歉。這不會再發生了。

7 by + 時間　在某個時間之前

例 Please finish your exam by 3:30 p.m. today.
請在今天下午三點半之前完成你的考試。

8 work on something　花時間努力完成某事、處理某事

例 Tell me what you need, and I'll start working on the project.
告訴我你需要什麼，我就會開始做這項企畫。

9 look forward to...　期待、盼望

（後面須加一件事物，性質為名詞）

例 She is looking forward to going on vacation.
她很期待去度假。

第2步：句子重組（複習一）

學習重點

1. 句子重組是為了訓練你**聽出關鍵字**的能力。若你能越快聽出關鍵字，就能越快抓住文意重點。
2. 多次訓練重組句子的速度，可幫助快速掌握英文語法結構。

經過前面「學習新課程」階段，相信你還記憶猶新，剛學過的課程印象還有五成以上，在第一次的複習中，請準備開啟英語耳，透過句子重組（unscramble）的訓練，讓你快速掌握英文語法結構。

請將答案選項填入 ______ 內

A ______ ______ ______

①have a word?　②Lottie,　③can I

B ______ ______

①Sure.　②Is something wrong?

A ______ ______ ______ ______

①your monthly report.　②I still don't　③have received
④seem to

B ______ ______ ______ ______

①I've just been ②I'm sorry. ③my other tasks.
④so busy with

A ______ ______ ______ ______

①over a week ago. ②I know you've had
③but the deadline was ④a lot going on,

B ______ ______

①I know... ②Yes,

A ______ ______ ______

①You really ②your time management skills. ③need to improve

B ______ ______ ______

①All right. ②again. ③This won't happen

A ______ ______ ______

①send me your report ②I'd like for you to
③by the end of today.

B ______ ______ ______

①right away. ②I'll start working on it ③Understood.

A ______ ______ ______

①to reading it. ②I look forward ③Thank you.

可先觀察哪個編號的第一個生字是大寫開頭，有時那可能就是第一個答案的編號。

第3步：聽到什麼寫什麼（複習二）

學習重點

1. 跟著影片逐字聽寫出課文內容，除了加強聽力，還可以訓練拼字的正確度。
2. 一般英語會話時能夠容忍的反應速度不超過三秒，多次重複聆聽後聽寫，能夠整合聽力和理解能力，聽過整句話就能馬上理解並反應。
3. 學習過程中不要死背單字拼法，聽到聲音利用自然發音的知識拼寫，多次練習後即可訓練正確拼字能力。

83

經過前面「句子重組」練習，你已經記得大約七成內容，在第二次的複習中，請準備建立英語腦，接下來的步驟要練習提示聽寫（dictation with hints），提高拼字的正確性。

請將聽到的句子填入 ______ 內

A ____?

word? Lottie, I a can have

B ____?

Is wrong? something Sure.

後面跟著句點，代表
可能是這句的最後一個生字。

A ______________________________.

report. I still monthly seem to received your have don't

B ______________________________.

tasks. sorry. I've I'm just with been my so other busy

A ______________________________.

I you've deadline had a ago. going week on, but lot the know was over a

B ______________________________.

I know... Yes,

A ______________________________.

management really improve You need to your skills. time

B ______________________________.

again. right. happen This All won't

A ______________________________.

I'd for by today. you to report send me the end of like your

B ______________________________.

on I'll away. right start Understood. working it

A ______________________________.

forward you. reading I to it. Thank look

不要死背單字拼法，
利用自然發音知識拼寫。

第4步：填空練習（複習三）

學習重點

1. 藉由填空練習，將學習聚焦到最容易遺忘的重要字彙片語，就像用螢光筆為課文畫重點，加深課程重點記憶。
2. 這個步驟會針對重要字彙、片語、文法概念練習，訓練你用完整的文句推測答案，而不是只能看空格字數猜答案。

經過前面「聽到什麼寫什麼」的訓練，你已經能記得八成內容，在第三次的複習中，你要做克漏字測驗（cloze test），再次強化聽力並提升口說能力。

請參照下面句子，並依照編號和箭頭的方向填入生字。

請依照箭頭方向
依序填出正確的生字。

1 → I've just been so busy ______ my other tasks.

2 ↓ This won't ______ again.

3 → Lottie, can I have ___ ______ ?

4 ↓ I look forward to ______ it.

5 → You really need to improve your time ______ skills.

6 → I still don't seem to have ______ your monthly report.

7 → I know you've had a lot ______ ___ ...

第 5 步：聽寫測驗

學習重點

1. 透過測驗強化記憶程度，這就是認知科學家已證實的測驗效應，所以最後的聽寫測驗也是學英文不死記硬背的關鍵！
2. 聽著影片原音逐字逐句寫出完整內容，驗收學習成效。
3. 寫完後對下答案，評估一下學習成效，進步看得到！

經過前面每個步驟，在此你已經記得超過九成的內容，最後這個階段要來驗收你的學習成果，挑戰你是否能聽懂所有內容。

請將聽到的句子填入 ______ 內

A ______________________________?

Lottie，我可以跟妳說幾句話嗎？

B ______________________________?

當然。有什麼問題嗎？

A ______________________________.

我好像還是沒有收到妳的月報。

85

B ______________________________.

我很抱歉。我只是太忙於我的其他工作了。

A ______________________________.

我知道妳有很多事情要忙，但截止日是超過一個禮拜前的事了。

B ______________________________.

是，我知道……

A ______________________________.

妳真的需要改善妳的時間管理技巧。

B ______________________________.

好。這不會再發生了。

A ______________________________.

我想要妳在今天結束之前將妳的報告寄給我。

B ______________________________.

了解。我會立刻開始做這份報告。

A ______________________________.

謝謝。我很期待讀到它。

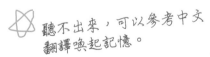

聽不出來，可以參考中文
翻譯喚起記憶。

讚美並拔擢部屬的工作職務

第1步：學習新課程

學習重點

1. 仔細聆聽影片原音，看自己能聽懂多少內容，如此反覆訓練「聽」懂英文，而不是只有「看」懂。
2. **查單字**是學英文過程中一個非常重要的技能，在課文中標記出不認識的單字，勤查字典，找出最合適的解釋，再結合完整影音情境學會最生活化的應用。
3. 學習過程中不會的生字查過要**做筆記**，記得搭配在《攻其不背：只要30天，馬上成為英文通》教過的筆記方式，把單字的含義與詞性等資訊寫在周邊空白處（margin），複習的時候才不會一眼就看到解答。
4. 特別注意**老師講解**中額外補充的重點字彙、片語、文法、文化差異以及母語人士常用的説法，學會以後在生活中很實用。
5. 有些長句比較複雜，即使生字都查過也不容易理解，這時候跟著**中文翻譯**分段消化吸收，更能正確理解英文句型架構。

英文課文

A I've been very impressed with your work recently, John.

B Oh, that's so good to hear!

A I want to offer you the position of senior sales executive.

B Wow, I'm so flattered!

B I was not expecting this at all.

A This promotion will mean quite a generous pay raise and some additional perks.

B That sounds great.

B What sort of perks?

A We will provide you with a company car.

A The details are all in this contract.

A I'll give you some time to read over everything.

B Excellent. Thank you.

A Any questions, let me know.

發音Tips

看到驚嘆號時，語氣務必上揚，才能呈現出驚嘆口氣。也可以練習看看平穩的説法，自己感受一下不同語氣的效果喔。

課文翻譯

A 我最近對你的工作成果非常印象深刻，John。

B 噢，聽到妳這麼說真是太好了！

A 我想要提供給你資深銷售專員的職位。

B 哇，我好受寵若驚！

B 我完全沒有預期到這消息。

A 這升遷會意味著一份相當優渥的加薪以及一些額外的福利。

B 那聽起來太棒了。

B 哪種福利呢？

A 我們會提供給你一輛公司車。

A 細節全都在這份合約裡。

A 我會給你一些時間看過所有內容。

B 太好了。謝謝妳。

A 有任何問題的話，請讓我知道。

聽老師講解

1 be impressed with　對……感到印象深刻

例 I was so impressed with your speech!
我對你的演講感到印象很深刻！

2 That's so good to hear!

聽到你這麼說真是太好了、很高興聽到……！

例 A：The doctor told me that I've fully recovered.
A：醫生跟我說我完全康復了。
B：That's so good to hear!
B：聽到你這麼說真是太好了！

3 offer someone something　提供某人某樣東西

例 The waiter offered my son a balloon.
服務生給了我兒子一顆氣球。

＝offer something to someone

4 senior sales executive　資深銷售專員

5 I'm so flattered!　我好受寵若驚！我感到很榮幸！

例 A：I wish I had your skin; it's flawless!
A：我好希望我有像妳一樣的皮膚；它都沒有瑕疵！
B：I'm so flattered!
B：過獎了啦！

6 quite a something

（強調用法）強調數量或讓人印象深刻的程度

例 A：And then, I got trapped in an elevator for almost eight hours!
A：然後，我被困在電梯裡面長達幾乎八小時！

B：That's quite a terrifying story!
B：那真是一個嚇人的故事！

7 perk 福利、津貼

8 sound＋形容詞 聽起來很……

例 A：We are planning to go on a two-week cruise.
A：我們計畫要去一個為期兩週的遊輪旅行。
B：That sounds fun!
B：那聽起來很好玩！

9 read over 從頭到尾完整看過

例 I need to find some time to read over the instructions.
我需要找出一些時間來閱讀完這些指示。

第2步：句子重組（複習一）

學習重點

1. 句子重組是為了訓練你**聽出關鍵字**的能力。若你能越快聽出關鍵字，就能越快抓住文意重點。
2. 多次訓練重組句子的速度，可幫助快速掌握英文語法結構。

經過前面「學習新課程」階段，相信你還記憶猶新，剛學過的課程印象還有五成以上，在第一次的複習中，請準備開啟英語耳，透過句子重組（unscramble）的訓練，讓你快速掌握英文語法結構。

請將答案選項填入 ______ 內

A ______ ______ ______ ______

①impressed with your work ②I've been very ③John. ④recently,

B ______ ______ ______

①to hear! ②Oh, ③that's so good

A ______ ______ ______ ______

①I want to ②senior sales executive. ③the position of ④offer you

B ______ ______

①I'm so flattered! ②Wow,

B ______ ______ ______

①I was not ②at all. ③expecting this

A ______ ______ ______ ______

①quite a ②and some additional perks. ③generous pay raise
④This promotion will mean

87

B ______ ______

①That sounds ②great.

B ______ ______ ______

①What ②perks? ③sort of

A ______ ______ ______

①a company car. ②We will ③provide you with

A ______ ______

①The details are ②all in this contract.

A ______ ______ ______

①I'll give you ②to read over everything. ③some time

B ______ ______

①Excellent. ②Thank you.

A ______ ______

①let me know. ②Any questions,

可先觀察哪個編號的第一個生字是大寫開頭，有時那可能就是第一個答案的編號。

第3步：聽到什麼寫什麼（複習二）

學習重點

1. 跟著影片逐字聽寫出課文內容，除了加強聽力，還可以訓練拼字的正確度。
2. 一般英語會話時能夠容忍的反應速度不超過三秒，多次重複聆聽後聽寫，能夠整合聽力和理解能力，聽過整句話就能馬上理解並反應。
3. 學習過程中不要死背單字拼法，聽到聲音利用自然發音的知識拼寫，多次練習後即可訓練正確拼字能力。

經過前面「句子重組」練習，你已經記得大約七成內容，在第二次的複習中，請準備建立英語腦，接下來的步驟要練習提示聽寫（dictation with hints），提高拼字的正確性。

請將聽到的句子填入 ______ 內

A ____.

I've work very John. with your impressed recently, been

B ____!

so Oh, that's to good hear!

藉由觀察提示用生字後面是否有標點符號，可當成判定其是否為句尾最後一個字的參考點。

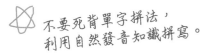

不要死背單字拼法，
利用自然發音知識拼寫。

A ______________________________.

I position executive. want senior to you the offer of sales

B ______________________________!

I'm flattered! so Wow,

B ______________________________.

expecting all. this was I not at

A ______________________________.

pay This perks. will promotion mean a generous raise quite and some additional

B ______________________________.

That great. sounds

B ______________________________?

perks? sort What of

A ______________________________.

company provide a car. you will with We

A ______________________________.

details contract. all in The this are

A ______________________________.

everything. I'll you give read some time to over

B ______________________________.

Thank Excellent. you.

A ______________________________.

Any know. let me. questions,

88

第4步：填空練習（複習三）

學習重點

1. 藉由填空練習，將學習聚焦到最容易遺忘的重要字彙片語，就像用螢光筆為課文畫重點，加深課程重點記憶。
2. 這個步驟會針對重要字彙、片語、文法概念練習，訓練你用完整的文句推測答案，而不是只能看空格字數猜答案。

經過前面「聽到什麼寫什麼」的訓練，你已經能記得八成內容，在第三次的複習中，你要做克漏字測驗（cloze test），再次強化聽力並提升口說能力。

請依照箭頭方向
依序填出正確的生字。

請參照下面句子，並依照編號和箭頭的方向填入生字。

1 ↓ Wow, I'm so ________!

2 ↓ I'll give you some time to _____ _____ everything.

3 → This promotion will mean ______ ___ generous pay raise.

4 → I've been very _________ with your work recently, John.

5 ↓ What sort of ________?

6 → Oh, that's so good ___ ______!

7 → I want to _____ you the position of senior sales executive.

第5步：聽寫測驗

學習重點

1. 透過測驗強化記憶程度，這就是認知科學家已證實的測驗效應，所以最後的聽寫測驗也是學英文不死記硬背的關鍵！
2. 聽著影片原音逐字逐句寫出完整內容，驗收學習成效。
3. 寫完後對下答案，評估一下學習成效，進步看得到！

經過前面每個步驟，在此你已經記得超過九成的內容，最後這個階段要來驗收你的學習成果，挑戰你是否能聽懂所有內容。

請將聽到的句子填入 ______ 內

A ______________________________.

我最近對你的工作成果非常印象深刻，John。

B ______________________________!

噢，聽到妳這麼說真是太好了！

A ______________________________.

我想要提供給你資深銷售專員的職位。

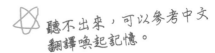

聽不出來，可以參考中文翻譯喚起記憶。

B ____!

哇，我好受寵若驚！

B ____.

我完全沒有預期到這消息。

A ____.

這升遷會意味著一份相當優渥的加薪以及一些額外的福利。

B ____.

那聽起來太棒了。

B ____?

哪種福利呢？

A ____.

我們會提供給你一輛公司車。

A ____.

細節全都在這份合約裡。

A ____.

我會給你一些時間看過所有內容。

B ____.

太好了。謝謝妳。

A ____.

有任何問題的話，請讓我知道。

要求同事協助加班的對話應用

第1步：學習新課程

學習重點

1. 仔細聆聽影片原音，看自己能聽懂多少內容，如此反覆訓練「聽」懂英文，而不是只有「看」懂。
2. **查單字**是學英文過程中一個非常重要的技能，在課文中標記出不認識的單字，勤查字典，找出最合適的解釋，再結合完整影音情境學會最生活化的應用。
3. 學習過程中不會的生字查過要**做筆記**，記得搭配在《攻其不背：只要30天，馬上成為英文通》教過的筆記方式，把單字的含義與詞性等資訊寫在周邊空白處（margin），複習的時候才不會一眼就看到解答。
4. 特別注意**老師講解**中額外補充的重點字彙、片語、文法、文化差異以及母語人士常用的說法，學會以後在生活中很實用。
5. 有些長句比較複雜，即使生字都查過也不容易理解，這時候跟著**中文翻譯**分段消化吸收，更能正確理解英文句型架構。

月/日

91

英文課文

A Hey, Lottie.

B What's up?

A I'm sorry for the short notice, but I need you to do some overtime tonight.

B Right. How urgent is it?

B Only, I have already made plans for tonight.

A If you could just stay to finish proofing this report, that would be immensely helpful.

B Okay. That should take only an hour or so, I guess.

A Thanks so much. That's a great help.

B No worries.

B This week has been quite manic, hasn't it?

A I know, I know.

A I can't wait for it to be over.

發音Tips

請求協助的時候，可以善加運用could、would等表達委婉語氣的助動詞，能讓口氣更為有禮喔。

課文翻譯

A 嘿，Lottie。

B 怎麼了？

A 我很抱歉這麼臨時才通知，但我需要妳今天晚上加一點班。

B 好的。這有多趕呢？

B 不過，我今晚已經有安排計畫了。

A 如果妳能就留下來完成校對這份報告，那會非常有幫助。

B 好。那應該只需要花大約一小時，我猜。

A 超級感謝。那是很大的幫助。

B 不客氣。

B 這禮拜頗崩潰的，不是嗎？

A 對啊，真的。

A 我等不及它結束了。

聽老師講解

1 be sorry for something　對於某事很抱歉

例 I'm sorry for the weak Wi-Fi.
我很抱歉無線網路收訊不太好。

2 short notice　臨時的通知

例 I'm not sure if we can finish on such short notice.
我不確定我們能不能在這麼倉促通知後完成。

3 do overtime　加班（英式英文常見）

例 A：Let's have dinner together.
A：我們一起吃晚餐吧。
B：Sorry. I have to do some overtime tonight.
B：抱歉。我今晚必須加一點班。

4 How urgent is it?　這有多趕呢？

例 A：Do you have time to look over the budget?
A：你有空看一下預算嗎？
B：How urgent is it?
B：這有多趕呢？

5 finish doing something　完成做某事

例 I haven't finished eating dinner.
我還沒吃完晚餐。

6 or so　大約

例 He will be here in 15 minutes or so.
他會在大約十五分鐘內到這裡。

7 No worries. 不客氣。

It was nothing. 這沒什麼。
Not a problem. 沒什麼。
Sure. I'm glad I could help. 不會。我很高興能幫上忙。

8 wait for someone／something to do something

等某人事物做某事

例 I can't wait for my order to arrive!
我等不及我訂的東西要來了！

第2步：句子重組（複習一）

學習重點

1. 句子重組是為了訓練你**聽出關鍵字**的能力。若你能越快聽出關鍵字，就能越快抓住文意重點。
2. 多次訓練重組句子的速度，可幫助快速掌握英文語法結構。

經過前面「學習新課程」階段，相信你還記憶猶新，剛學過的課程印象還有五成以上，在第一次的複習中，請準備開啟英語耳，透過句子重組（unscramble）的訓練，讓你快速掌握英文語法結構。

請將答案選項填入 ______ 內

A ______ ______

①Lottie. ②Hey,

B ______

①What's up?

A ______ ______ ______ ______ ______

①I'm sorry for ②tonight. ③the short notice,
④do some overtime ⑤but I need you to

B ______ ______ ______

①is it? ②Right. ③How urgent

B ______ ______ ______ ______

①made plans ②for tonight. ③I have already ④Only,

A ______ ______ ______ ______

①to finish proofing this report, ②that would be
③immensely helpful. ④If you could just stay

B ______ ______ ______ ______ ______

①or so, ②Okay. ③only an hour ④I guess.
⑤That should take

A ______ ______ ______

①a great help. ②That's ③Thanks so much.

B ______

①No worries.

B ______ ______ ______

①quite manic, ②hasn't it? ③This week has been

A ______ ______

①I know. ②I know,

A ______ ______ ______

①to be over. ②for it ③I can't wait

可先觀察哪個編號的第一個生字是大寫開頭，有時那可能就是第一個答案的編號。

第3步：聽到什麼寫什麼（複習二）

學習重點

1. 跟著影片逐字聽寫出課文內容，除了加強聽力，還可以訓練拼字的正確度。
2. 一般英語會話時能夠容忍的反應速度不超過三秒，多次重複聆聽後聽寫，能夠整合聽力和理解能力，聽過整句話就能馬上理解並反應。
3. 學習過程中不要死背單字拼法，聽到聲音利用自然發音的知識拼寫，多次練習後即可訓練正確拼字能力。

經過前面「句子重組」練習，你已經記得大約七成內容，在第二次的複習中，請準備建立英語腦，接下來的步驟要練習提示聽寫（dictation with hints），提高拼字的正確性。

請將聽到的句子填入 ______ 內

A ______________________________.

Lottie. Hey,

B ______________________________?

up? What's

藉由觀察提示用生字後面是否有標點符號，可當成判定其是否為句尾最後一個字的參考點。

A ______________________________.

need I'm do overtime sorry the notice, but I for you to some tonight. short

B ______________________________?

How Right. it? urgent is

B ______________________________.

already tonight. Only, made I have for plans

A ______________________________.

finish If immensely this could stay to report, that would helpful. you proofing just be

B ______________________________.

take hour That guess. should or Okay. only an so, I

A ______________________________.

so great help. Thanks much. a That's

B ______________________________.

worries. No

B ______________________________?

week hasn't manic, has This been quite it?

A ______________________________.

I I know. know,

A ______________________________.

wait for I to be it over. can't

不要死背單字拼法，利用自然發音知識拼寫。

第4步：填空練習（複習三）

學習重點

1. 藉由填空練習，將學習聚焦到最容易遺忘的重要字彙片語，就像用螢光筆為課文畫重點，加深課程重點記憶。
2. 這個步驟會針對重要字彙、片語、文法概念練習，訓練你用完整的文句推測答案，而不是只能看空格字數猜答案。

經過前面「聽到什麼寫什麼」的訓練，你已經能記得八成內容，在第三次的複習中，你要做克漏字測驗（cloze test），再次強化聽力並提升口說能力。

94

請參照下面句子，並依照編號和箭頭的方向填入生字。

請依照箭頭方向依序填出正確的生字。

1 ↓ I need you to ___ some _________ tonight.

2 → If you could just stay to finish _________ this report, that would be immensely helpful.

3 ↓ How ________ is it?

4 ↓ This week has been quite ______, hasn't it?

5 ↓ That should take only an hour ___ ___, I guess.

6 → I can't _____ _____ it to be over.

7 → I'm sorry for the ______ notice.

第 5 步：聽寫測驗

學習重點

1. 透過測驗強化記憶程度，這就是認知科學家已證實的測驗效應，所以最後的聽寫測驗也是學英文不死記硬背的關鍵！
2. 聽著影片原音逐字逐句寫出完整內容，驗收學習成效。
3. 寫完後對下答案，評估一下學習成效，進步看得到！

經過前面每個步驟，在此你已經記得超過九成的內容，最後這個階段要來驗收你的學習成果，挑戰你是否能聽懂所有內容。

請將聽到的句子填入 ______ 內

A ____.

嘿，Lottie。

B ____?

怎麼了？

A ____.

我很抱歉這麼臨時才通知，但我需要妳今天晚上加一點班。

95

B ____?

好的。這有多趕呢？

B ____.

不過，我今晚已經有安排計畫了。

A ____.

如果妳能就留下來完成校對這份報告，那會非常有幫助。

B ____.

好。那應該只需要花大約一小時，我猜。

A ____.

超級感謝。那是很大的幫助。

B ____.

不客氣。

B ____?

這禮拜頗崩潰的，不是嗎？

A ____.

對啊，真的。

A ____.

我等不及它結束了。

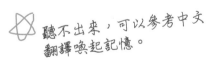

聽不出來，可以參考中文翻譯喚起記憶。

要求表現不良部屬離職的基本對話

月／日

96

第1步：學習新課程

學習重點

1. 仔細聆聽影片原音，看自己能聽懂多少內容，如此反覆訓練「聽」懂英文，而不是只有「看」懂。
2. **查單字**是學英文過程中一個非常重要的技能，在課文中標記出不認識的單字，勤查字典，找出最合適的解釋，再結合完整影音情境學會最生活化的應用。
3. 學習過程中不會的生字查過要**做筆記**，記得搭配在《攻其不背：只要30天，馬上成為英文通》教過的筆記方式，把單字的含義與詞性等資訊寫在周邊空白處（margin），複習的時候才不會一眼就看到解答。
4. 特別注意**老師講解**中額外補充的重點字彙、片語、文法、文化差異以及母語人士常用的説法，學會以後在生活中很實用。
5. 有些長句比較複雜，即使生字都查過也不容易理解，這時候跟著**中文翻譯**分段消化吸收，更能正確理解英文句型架構。

英文課文

A The truth is, John, you haven't been pulling your weight for the last two months.

B That's because I've been given more work than I can possibly handle!

A I have to disagree with you there.

A Your workload has been perfectly reasonable.

B Are you firing me?

A Unfortunately, yes.

A We're going to have to let you go.

B I can't believe this!

B I've been working for this company for four years!

A I'm sorry, John.

A You have until the end of the week to pack your belongings.

發音Tips

要開除同事不是容易的事，語氣可以反應你的立場堅不堅定。可以多觀察影片中女主管的口吻，學習以冷靜且堅定的語氣溝通。

課文翻譯

A 事實是，John，你過去兩個月一直都沒有做好自己分內的事。

B 那是因為我已經被給予超過我可以處理的工作！

A 在那點上我必須反對你。

A 你的工作量完全合理。

B 妳是要開除我嗎？

A 很不幸地，是的。

A 我們必須讓你離開。

B 我不敢相信這事！

B 我已經為這間公司工作四年了！

A 我很抱歉，John。

A 你有直到這週結束前的時間打包你的東西。

聽老師講解

1 the truth is　事實是

常用來表示接下來要說的話別人可能不怎麼愛聽。

例 The truth is, I think chocolate tastes bad.
事實是，我覺得巧克力口味很難吃。

2 have／has been＋現在分詞　現在完成進行式

用以強調某件事從過去延續到現在，且持續進行中。

例 I have been living in Paris for three years.
我這三年來一直都住在巴黎。

3 pull your（own）weight　做好自己分內的事

例 If you want to come camping with us, you have to pull your weight.
如果你想來跟我們一起露營，你就必須做好自己分內的事。

4 disagree with someone　反對某人

例 My daughter disagrees with me about politics.
我女兒在政治上反對我。

5 let someone go　讓某人離開

例 If you love her, let her go. If she comes back, she's yours.
如果你愛她，就讓她離開。如果她回來，她就是你的了。

6 can't believe something　不敢相信某事

例 I can't believe how hot it is today.
我不敢相信今天居然這麼熱。

7 work for 為誰工作、為誰服務

例 The president works for the people.
總統為人民服務。

8 have until + 時間 + to do something

有直到……的時間去做某事

例 I have until Friday to finish this report.
我有直到這週五的時間完成這份報告。

9 the end of 末端、最後部分

the end of the month 月底
the end of the year 年底、年終

第2步：句子重組（複習一）

學習重點

1. 句子重組是為了訓練你**聽出關鍵字**的能力。若你能越快聽出關鍵字，就能越快抓住文意重點。
2. 多次訓練重組句子的速度，可幫助快速掌握英文語法結構。

經過前面「學習新課程」階段，相信你還記憶猶新，剛學過的課程印象還有五成以上，在第一次的複習中，請準備開啟英語耳，透過句子重組（unscramble）的訓練，讓你快速掌握英文語法結構。

請將答案選項填入 ______ 內

A ______ ______ ______ ______ ______

①John, ②for the last two months. ③pulling your weight
④The truth is, ⑤you haven't been

B ______ ______ ______ ______

①I can possibly handle! ②more work than ③I've been given
④That's because

A ______ ______ ______

①disagree with you ②there. ③I have to

A _______ _______ _______

①perfectly reasonable. ②Your workload ③has been

B _______ _______

①firing me? ②Are you

A _______ _______

①Unfortunately, ②yes.

A _______ _______ _______

①have to ②We're going to ③let you go.

B _______ _______

①believe this! ②I can't

B _______ _______ _______ _______

①working for ②for four years! ③I've been ④this company

A _______ _______

①John. ②I'm sorry,

A _______ _______ _______

①pack your belongings. ②You have until
③the end of the week to

可先觀察哪個編號的第一個生字是大寫開頭，有時那可能就是第一個答案的編號。

97

第3步：聽到什麼寫什麼（複習二）

學習重點

1. 跟著影片逐字聽寫出課文內容，除了加強聽力，還可以訓練拼字的正確度。
2. 一般英語會話時能夠容忍的反應速度不超過三秒，多次重複聆聽後聽寫，能夠整合聽力和理解能力，聽過整句話就能馬上理解並反應。
3. 學習過程中不要死背單字拼法，聽到聲音利用自然發音的知識拼寫，多次練習後即可訓練正確拼字能力。

經過前面「句子重組」練習，你已經記得大約七成內容，在第二次的複習中，請準備建立英語腦，接下來的步驟要練習提示聽寫（dictation with hints），提高拼字的正確性。

請將聽到的句子填入 ______ 內

A ____.

pulling months. The is, John, you truth last been your haven't for the two weight

後面跟著句點，代表可能是這句的最後一個生字。

A ____!

handle! That's I've been possibly given work more than I can because

B ____.

I with there. to have you disagree

A ____.

workload reasonable. has Your been perfectly

B ____?

me? you Are firing

A ____.

yes. Unfortunately,

A ____.

let to We're to have you go. going

B ____!

believe I this! can't

B ____!

for years! company working been I've for this four

A ____.

I'm John. sorry,

A ____.

belongings. week to You the of the pack your have end until

98

不要死背單字拼法，利用自然發音知識拼寫。

第4步：填空練習（複習三）

學習重點

1. 藉由填空練習，將學習聚焦到最容易遺忘的重要字彙片語，就像用螢光筆為課文畫重點，加深課程重點記憶。
2. 這個步驟會針對重要字彙、片語、文法概念練習，訓練你用完整的文句推測答案，而不是只能看空格字數猜答案。

經過前面「聽到什麼寫什麼」的訓練，你已經能記得八成內容，在第三次的複習中，你要做克漏字測驗（cloze test），再次強化聽力並提升口說能力。

請依照箭頭方向
依序填出正確的生字。

請參照下面句子，並依照編號和

箭頭的方向填入生字。

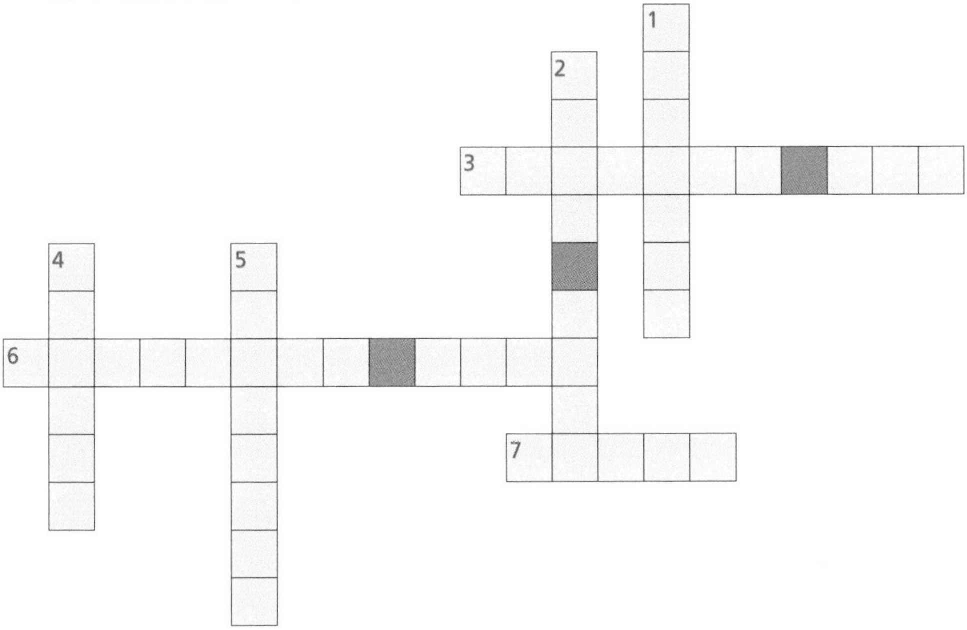

1 ↓ I can't ________ this!

2 ↓ That's because I've been given ______ work ______ I can possibly handle!

3 → I've been ________ ___ this company for four years!

4 ↓ You haven't been pulling your _______ for the last two months.

5 ↓ Your ________ has been perfectly reasonable.

6 → I have to ________ _____ you there.

7 → You have _____ the end of the week to pack your belongings.

第5步：聽寫測驗

學習重點

1. 透過測驗強化記憶程度，這就是認知科學家已證實的測驗效應，所以最後的聽寫測驗也是學英文不死記硬背的關鍵！
2. 聽著影片原音逐字逐句寫出完整內容，驗收學習成效。
3. 寫完後對下答案，評估一下學習成效，進步看得到！

經過前面每個步驟，在此你已經記得超過九成的內容，最後這個階段要來驗收你的學習成果，挑戰你是否能聽懂所有內容。

請將聽到的句子填入 ______ 內

A ______________________________.

事實是，John，你過去兩個月一直都沒有做好自己分內的事。

B ______________________________!

那是因為我已經被給予超過我可以處理的工作！

A ______________________________.

在那點上我必須反對你。

A ____.

你的工作量完全合理。

B ____?

妳是要開除我嗎？

A ____.

很不幸地，是的。

A ____.

我們必須讓你離開。

B ____!

我不敢相信這事！

B ____!

我已經為這間公司工作四年了！

A ____.

我很抱歉，John。

A ____.

你有直到這週結束前的時間打包你的東西。

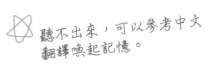

聽不出來，可以參考中文翻譯喚起記憶。

100

解答

PART 1　求職面試一定要知道的基本句型

掌握面試的對話重點

• 句子重組

⑤①②④③
②①
④③①②
①
②④③①
③②①
②①③
①
①③②④
②①③④
④③①②

• 填空練習

新工作到職的重點提示

• 句子重組

①
③①②
①
④①③②
②①
③②①
①
③②①④
②③①
③②①
②①④③⑤
③②①④
①③②
②①③
①③②

• 填空練習

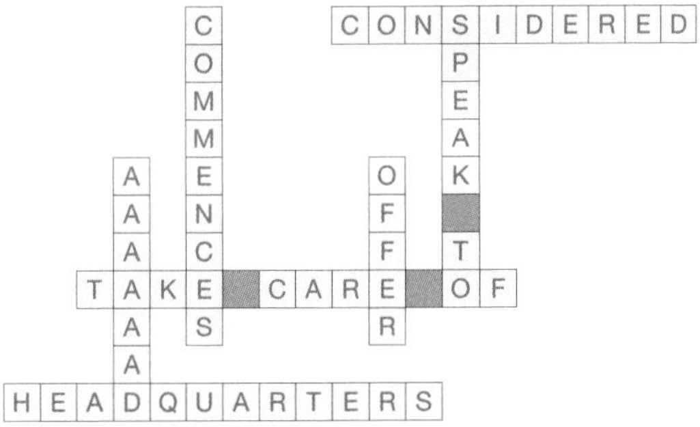

認識新工作環境的簡單會話

• 句子重組

④①③②
②①③
②①③
①③②
③①②
①②③
③②①
①②
③④①②
①③②④
②①
②①③
②①③
③②①

• 填空練習

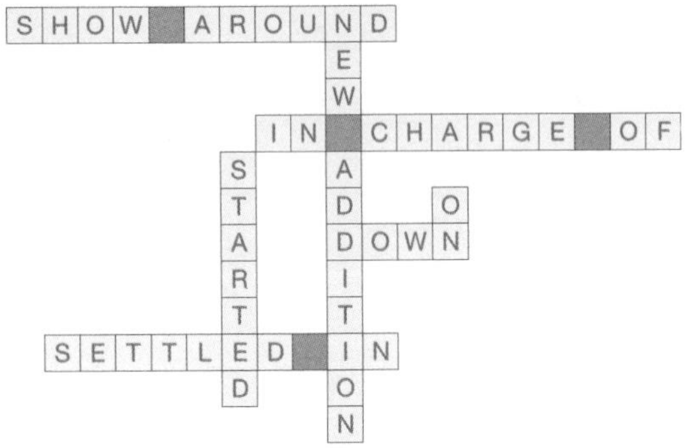

PART 2　職場相處不能不知的基本會話

有求於人的簡單句型

• 句子重組

⑥④①③⑤②
③④②①
②③①④
①②
⑤④②①③
④②①③
③⑤②①④
②①
②③①
①②
②④③①
①②

• 填空練習

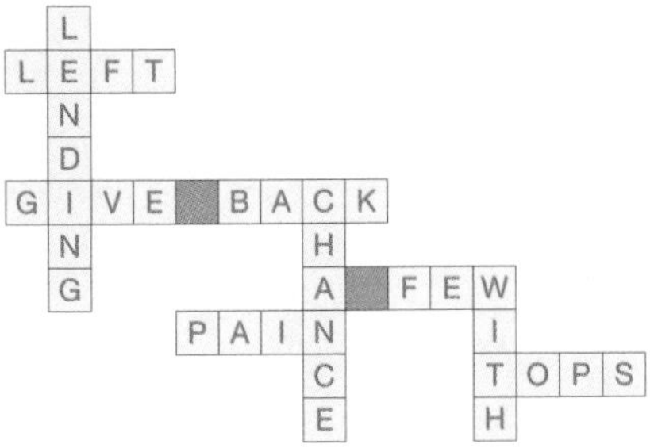

跟同事有所爭議時的會話應對

• 句子重組

②③①
①②
④①⑤②③
①③②
③②①
③④①②
①③②
②①
④②①③
②③①
②③①
④③①②

• 填空練習

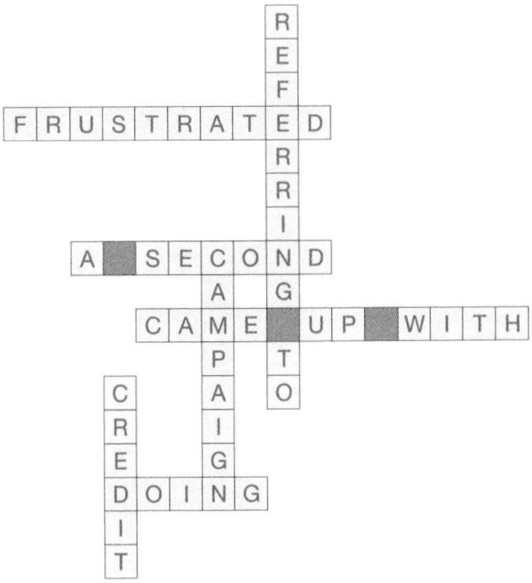

生病請假的簡單對話

• 句子重組

①②
③④②①
③②①
⑤①④②③
②③①
②①③
①③②
①②
②①④③
③②①
④⑤②①③
②⑤③①④
②①

• 填空練習

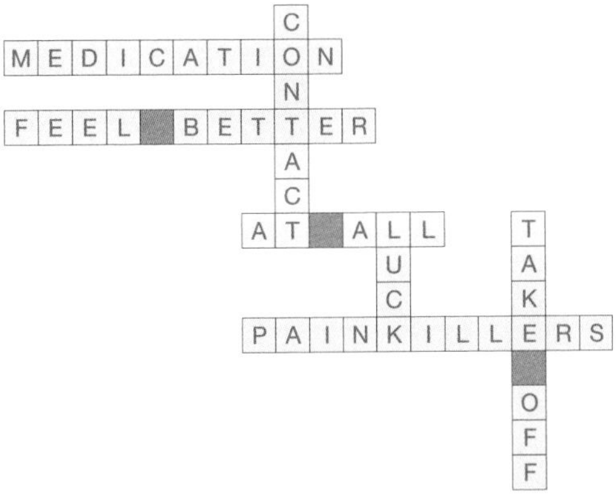

同事離職的社交對話

- 句子重組

①②
③①④②⑤
②①
②①
③②④①
③①②
②①
②①③
②④①③
④②③①
①③②
①
⑤①③④②
③①②

- 填空練習

提出離職需求的簡單對話

- 句子重組

④③①⑤②
③①②
①③②
③②①
②①
③①④②
④③⑤①②
③①②
②①
①②
②①③
③①②

- 填空練習

PART 3　跟客戶相處的應對進退

處理客訴問題的簡單對話

• 句子重組

②③①
③②①
①②
④③①②
②①③
①③②
②①
②①
②④①③
②③①
①
④①③②

• 填空練習

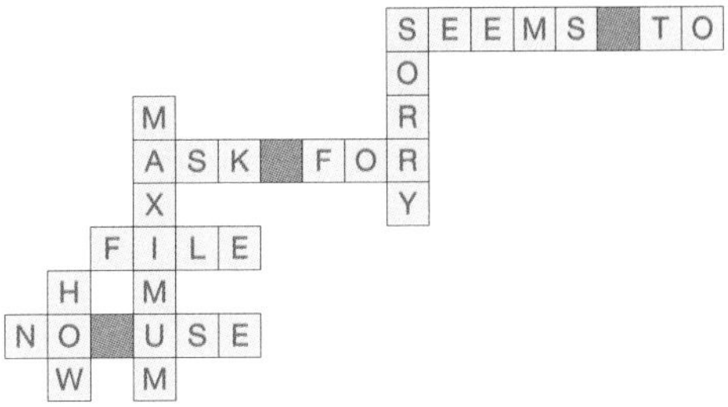

協助請假同事處理客戶事宜

• 句子重組

①②
③②①
②④③①
②①
①
②①③④
④②③①
③①②
①③⑤④②
②③①
①③②

• 填空練習

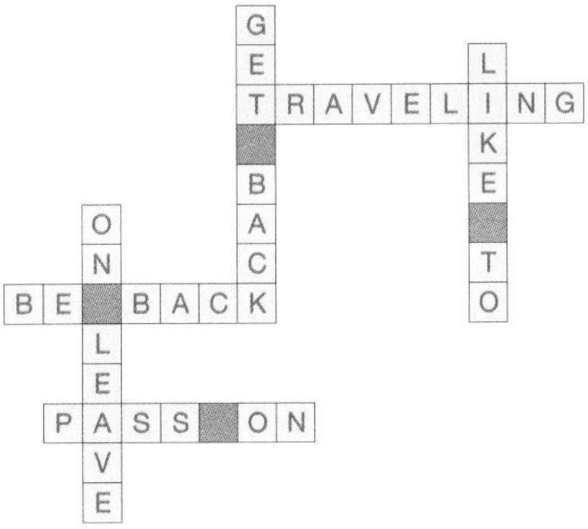

替客戶安排訂單需求

- 句子重組

④③①②
②①
②③①
⑤②①④③
②④①③
③④②①
②③①
⑤③①④⑥②
②①③
①③②
①
①②

- 填空練習

與客戶討論合約相關事項

- 句子重組

③①②
①
①③②
②①③
③②④①
③②①
③①②
①③②
②③①
③②①
③①②
②④③①

- 填空練習

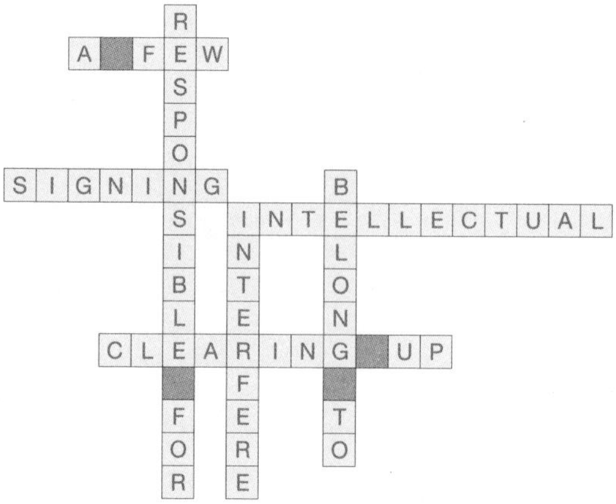

PART 4　會議英文的基本對話

事前溝通以利會議順利進行

• 句子重組

②①③
①②
②④③①
④②③①
③①②
①③④②
②①
②①③
②①③
③①②
①②③
①③②
②③①

• 填空練習

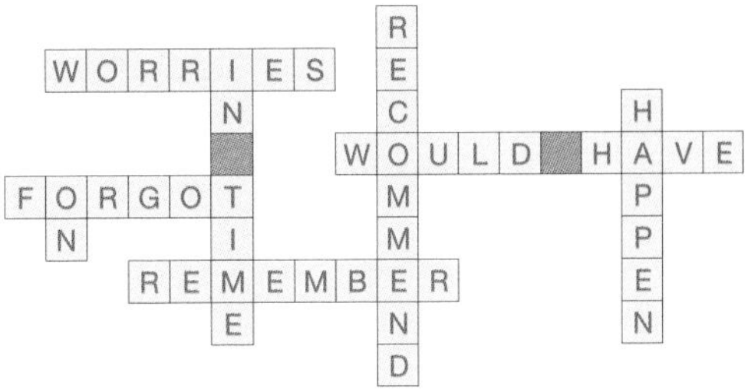

會議開始的相關句型

• 句子重組

②①
①
③②①
③②①
①③②
③①②
②①⑤④③⑥
②③①
②①
④②①③
①
④③②①
②①③
①②
②①③
①

• 填空練習

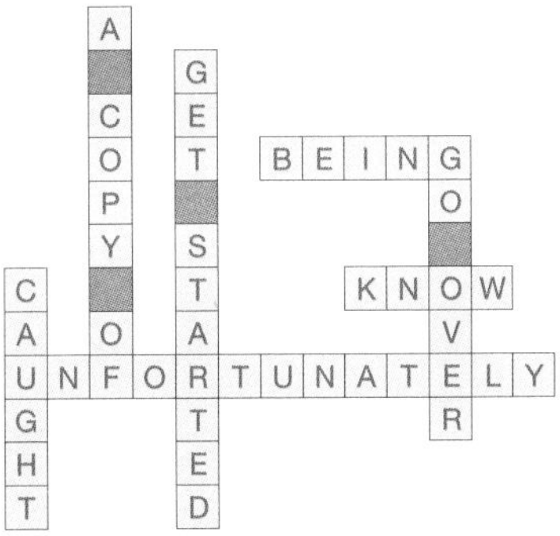

會議進行中的可能狀況

- 句子重組

⑤①③②④
②⑤④①③
③②①
④①②③
①②
②④①③
②①
②①③
①
③①②
④②③①
①③②
②①③

- 填空練習

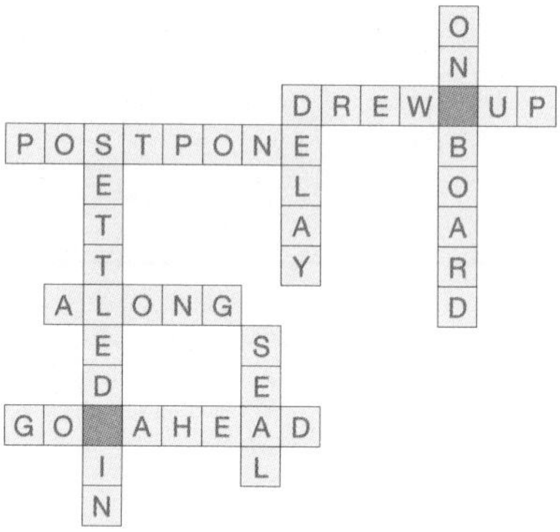

會議結束的社交用語

- 句子重組

④③①②⑤
⑤④②③①
③②④①
②①④⑤③
②①③
①③②
①③④⑤⑥②
②①
③①②

- 填空練習

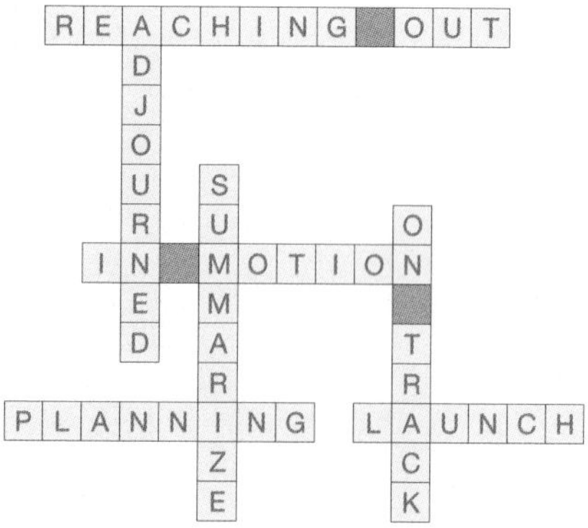

PART 5 跟領導管理相關的對話應用

跟催部屬工作進度

• 句子重組

②③①
①②
②④③①
②①④③
②④③①
②①
①③②
①③②
②①③
③②①
③②①

• 填空練習

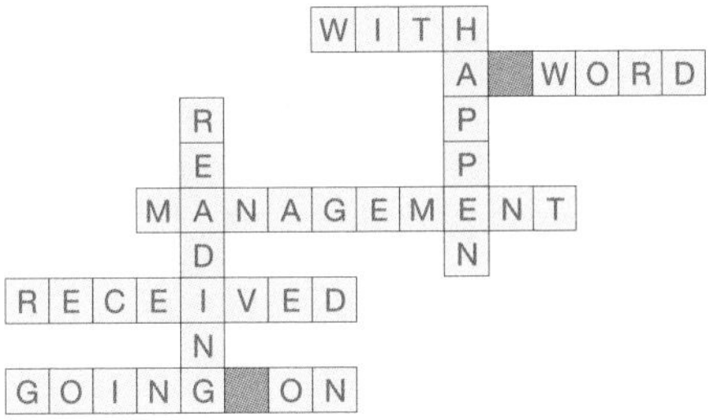

讚美並拔擢部屬的工作職務

• 句子重組

②①④③
②③①
①④③②
②①
①③②
④①③②
①②
①③②
②③①
①②
①③②
①②
②①

• 填空練習

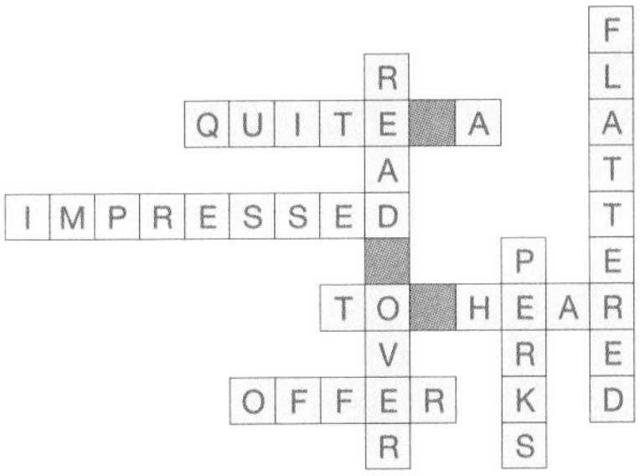

要求同事協助加班的對話應用

• 句子重組

②①
①
①③⑤④②
②③①
④③①②
④①②③
②⑤③①④
③②①
①
③①②
②①
③②①

• 填空練習

要求表現不良部屬離職的基本對話

• 句子重組

④①⑤③②
④③②①
③①②
②③①
②①
①②
②①③
②①
③①④②
②①
②③①

• 填空練習

國家圖書館出版品預行編目（CIP）資料

攻其不背商務英文篇：30天速成職場溝通用語／曾知立、希平方英語團隊著. — 初版. — 臺北市：商周出版：家庭傳媒城邦分公司發行, 民108.09

面； 公分

ISBN 978-986-477-721-1（平裝）

1. 商業英文 2. 讀本

805.18 108014086

希平方

攻其不背商務英文篇 30天速成職場溝通用語

作　　者／曾知立、希平方英語團隊
責任編輯／張曉蕊
特約編輯／陳怡君
校　　對／呂佳真
版　　權／黃淑敏、翁靜如
行銷業務／莊英傑、周佑潔、王瑜

總 編 輯／陳美靜
總 經 理／彭之琬
第一事業群總經理／黃淑貞
發 行 人／何飛鵬
法律顧問／台英國際商務法律事務所
出　　版／商周出版
台北市中山區民生東路二段141號9樓
電話：(02) 2500-7008　傳真：(02) 2500-7759
E-mail：bwp.service@cite.com.tw
發　　行／英屬蓋曼群島商家庭傳媒股分有限公司　城邦分公司
台北市104中山區民生東路二段141號2樓
電話：(02) 2500-0888　傳真：(02) 2500-1938
讀者服務專線：0800-020-299　24小時傳真服務：(02) 2517-0999
讀者服務信箱：service@readingclub.com.tw
劃撥帳號：19833503
戶名：英屬蓋曼群島商家庭傳媒股分有限公司　城邦分公司
香港發行所／城邦（香港）出版集團有限公司
香港灣仔駱克道193號東超商業中心1樓
電話：(852) 2508-6231　傳真：(852) 2578-9337
E-mail：hkcite@biznetvigator.com
馬新發行所／城邦（馬新）出版集團
【Cite (M) Sdn.Bhd (458372U)】
11, Jalan 30D/146, Desa Tasik, Sungai Besi, 57000 Kuala Lumpur, Malaysia
電話：(603) 9056-3833　傳真：(603) 9056-2833

內文排版／黃淑華
印　　刷／鴻霖印刷傳媒股分有限公司
總 經 銷／聯合發行股分有限公司
電話：(02) 2917-8022　傳真：(02) 2911-0053

■ 2019年（民108）9月初版
■ 2021年（民110）10月6日初版4.3刷
ISBN 978-986-477-721-1

Printed in Taiwan
城邦讀書花園
www.cite.com.tw

定價380元